I MASTINI

THE CRIME COLLECTION

A necessario complemento dei gialli a enigma dell'età d'oro presentati nella nostra collana I bassotti, *questa* Crime Collection *vuole proporre al pubblico della libreria le opere introvabili, inedite e imperdibili appartenenti agli altri filoni della narrativa poliziesca che andarono sviluppandosi, soprattutto negli Stati Uniti, a partire dagli anni Venti: dall'*hardboiled *che – per dirla come Raymond Chandler – "restituì il delitto alla gente che lo commette per ragioni concrete, non semplicemente per fornire un cadavere ai lettori, e con i mezzi a portata di mano, non con antiche pistole da duello, curaro o pesci tropicali", al genere suspense con le sue inquietanti atmosfere; dal thriller al poliziesco procedurale fino alle sapienti contaminazioni del romanzo d'azione con il puzzle tradizionale di scuola inglese. Ecco dunque quella generazione di autori che trasformò il romanzo giallo nel romanzo della violenza e dell'angoscia contemporanee.*

Sherwood King

SE MUOIO PRIMA DI SVEGLIARMI

POLILLO EDITORE

Titolo originale dell'opera:
"If I Die Before I Wake"

Traduzione di Bruno Amato

www.polillo.it

Progetto grafico di Davide Dondena

ISBN 978-88-8154-377-9

Prima edizione **I MASTINI**: marzo 2011

SE MUOIO PRIMA DI SVEGLIARMI

PARTE PRIMA

1

«Certo», dissi, «che lo commetterei un omicidio. Se proprio dovessi, naturalmente, o se ne valesse la pena».

E lo dissi come se ci credessi davvero. Non ci credevo. Non ci credevo per niente.

«Per come la vedo io», dissi, «uno prima o poi deve morire. Un omicidio non fa che sveltire le cose. Niente di più, solo questo».

Sapete – chiacchiere. Quello che direbbe qualsiasi ragazzotto, giusto per far vedere che non ha paura di niente.

C'era stato un delitto dalle nostre parti. A Long Island. Una tipa dell'alta società aveva fatto secco il marito. Lui non stava facendo niente, solo saccheggiando il frigo per uno spuntino notturno. Ma lei (dice) pensava che fosse un ladro... degno di cinque pallottole. La polizia la stava trattenendo; faccende di assicurazione.

Comunque sia, fu da qui che Grisby attaccò con l'argomento omicidio. Io lo accompagnavo in auto alla stazione della ferrovia un giorno sì e uno no, ogni volta che veniva a parlare con il mio boss, Bannister, l'avvocato. Erano soci, solo che Bannister allo studio non ci andava molto. Aveva una gamba che gli funzionava male – una cosa che gli era successa in guerra. Lo faceva camminare strano... ma fuori non lo incontravi quasi mai, tranne quando andava in tribunale, e comunque solo se non ne poteva fare a meno. Ma non aveva importanza. Poteva lavorare benissimo a casa, bastava che Grisby lo tenesse aggiornato e venisse da lui spesso, e così faceva.

Insomma, quella volta, mentre lo portavo alla stazione si parlava di omicidi e Grisby mi chiese che cosa ne pensavo e io glielo dissi.

Dopo mi è venuto in mente che la cosa la stava montando fin dall'inizio. Niente di preciso. Solo lasciarmi intendere in un modo o nell'altro che, secondo lui, ero troppo in gamba per continuare per molto tempo a fare da autista a uno come Bannister. Che pensava che ero troppo sveglio per non tener d'occhio la grande occasione.

Ed eccomi qua che mi bevevo tutto, che cercavo di parlare, di comportarmi secondo il ruolo che mi aveva assegnato lui e senza credere mai nemmeno a una parola di quello che dicevo, nemmeno a una parola.

È come quando cadi in mano a uno di quei piazzisti svelti di lingua. Quello che vende non lo vuoi, magari, ma te lo prendi lo stesso. Te lo prendi perché è meglio che fargli pensare che tutto sommato non eri così in gamba.

Be', gli piaceva pure la mia chiacchiera e come parlavo. Sembrava proprio entusiasta.

«Pensavo che fossi uno sveglio, Laurence», disse. «Ora lo so».

«Ma sì», dissi io. «Tutte quelle idiozie sentimentali – se vuoi togliere qualcuno di mezzo, be', prendi e lo togli di mezzo».

«Ma non dimenticare», precisò lui, «che sei sveglio solo finché non ti fai beccare. Questa è la differenza tra uno sveglio e uno fesso. Quello sveglio non si fa beccare».

«Oh, non ho mica detto che ho veramente intenzione di andare ad ammazzare qualcuno», dissi io.

Portai l'auto sui sessanta per fare entrare un po' d'aria e

procedemmo senza dire altro finché non arrivammo alla stazione.

La stazione era deserta come sempre di pomeriggio, e del treno non c'era traccia.

Grisby scese e appoggiò la valigetta sul predellino, guardandomi come se pensasse che ero il meglio che c'è. Cominciavo a sentirmi un poco imbarazzato.

«Farà tardi per cena», dissi.

Si mise a ridere.

«Da me la cena è una barzelletta, e te lo dico senza problemi».

Si tolse il panama e gli occhiali – a pince-nez, con un nastrino nero – e cominciò a passarsi un fazzoletto sulla faccia. Il caldo per me era pesante, ma per lui era peggio. Cento chili li pesava tutti – non grasso, perché era alto come me, e ben piantato, ma con quel caldo era più che sufficiente. Ma la cosa lo teneva allegro, come sempre, un vero distributore di allegria.

«In che senso, una barzelletta?», chiesi.

«Aspetta di essere sposato, come lo sono io da quindici anni. E la rogna vera è che non vuole darmi il divorzio».

«Ah, ho capito. Non c'è molto da fare in un caso così, eh?».

Fece un'altra risata e si rimise gli occhiali, spingendo lo sguardo lungo i binari. Il treno era in arrivo, fischiando.

«No», disse, «se non forse beccarla una notte che fruga nel frigorifero».

Non so se fu il suono del treno che mandava il suo fischio lamentoso sopra la palude lungo le rotaie o qualcosa nel modo in cui Grisby aveva parlato, ma improvvisamente un brivido mi andò su e giù per la spina dorsale.

«E già», dissi io, «se è l'unica via d'uscita, perché no?».

«Perdio», fece lui ammirato, «credo proprio che tu saresti all'altezza!».

Dopo questo, ogni tanto lasciava cadere un'allusione o buttava lì qualcosa che mi spingesse a venire allo scoperto, facendomi sempre sentire pieno di importanza, e tutto a un tratto per me fu troppo tardi per tirarmi indietro, e mi aveva in pugno.

2

Dovette essere da allora che accompagnare Grisby alla stazione fu la cosa più dura che mi toccasse fare.

Il peggio era che non c'era niente di definito. Stava per succedere qualcosa, qualcosa per cui contava su di me. Ma oltre a questo non sapevo altro. E non glielo avrei chiesto; non volevo averci niente a che fare. Non ero un santo, ero stato imbarcato su tante carrette e di menare le mani mi era capitato altroché, ma non ero così tosto.

La cosa da fare per uscirne, mi immaginavo, era bluffare. Se poi le cose fossero arrivate al punto, avrei parlato chiaro. Quel lavoro era l'unico che ero riuscito a rimediare in più di un anno, e Bannister con me era stato molto buono, ma non avevo nessuna intenzione di trovarmi invischiato in un omicidio – nemmeno per sogno.

Diedi un taglio alle spacconate e cominciai a parlare il meno possibile. C'era un'aria di tensione tra noi, ma ammesso che se ne accorgesse non disse mai niente. Parlavamo del tempo, di chi avrebbe vinto il campionato – cose così.

Poi, come se tutti e due fossimo stati a pensarci per tutto il tempo ma semplicemente non ne avessimo parlato, disse: «Allora, Laurence, ho studiato tutto, ed è una bellezza».

«Ottimo», dissi. Ero contento di avere il volante da maneggiare e la strada da guardare.

«Cosa ne dici di cinquemila dollari? Ti farebbero comodo?».

«Altroché!».

«Lo immaginavo... dunque, è tutto stabilito allora. Avrai i tuoi soldi entro una settimana».

«Lo so che sta scherzando. Chi è che mi darebbe tutti quei soldi, e per che cosa?».

«Be', te li do io. Di tasca mia».

«Come no?».

Era strano, ma improvvisamente la tensione tra noi era sparita, e svoltai fermando l'auto accanto alla stazione e spensi il motore senza più sentire la necessità di stringere lo sterzo. C'era perfino un sorriso sulle mie labbra.

Dissi: «Chi è che devo ammazzare – sua moglie?».

Lui mi guardò come se non l'avesse capita. Poi scosse la testa e si mise a ridere.

«Sei un duro, tu, proprio un duro», disse. Sprofondò nel sedile. «Hai una sigaretta?».

Ne tirai fuori una dal portasigarette d'argento che avevo. La mano non mi tremava, se era questo che voleva vedere.

«Allora?», domandai. «Chi?».

Accendemmo. Poi lui soffiò fuori il fumo, dicendo: «No, Laurence, quello che devi ammazzare... sono io».

«Lei!».

Ci guardammo, e i suoi occhi duri brillavano di vero divertimento.

Dissi: «Non fa sul serio...».

«Ma certo che sì. Te l'ho detto che ho pensato a tutto. Si tratta di me. Sai, si parla tanto del delitto perfetto. C'è sempre qualche difetto, in tutti. Il nostro sarà il delitto perfetto, eseguito alla perfezione. E la prima cosa essenziale è che io vengo ucciso, la seconda che tu sei in grado di dimostrare che mi hai ucciso tu».

«Non mi ci vedo proprio a fare una cosa del genere!».

Rise.

«Non ti preoccupare», disse, «sarai parecchio ansioso di provarlo quando verrà il momento. Lascia fare tutto a me e fai come ti dico e nel giro di una settimana avrai i tuoi cinquemila e tutto filerà a gonfie vele».

«Ah, allora era solo uno scherzo che la dovevo uccidere? L'avevo detto io...».

«Certo che l'avevi detto. E ti ricordi anche che cosa ho detto io – che ero serio. Lo sono. Mi metterai una pallottola in corpo e butterai il cadavere nel Sound. Avremo dei testimoni...».

«Ma che diavolo», dissi io.

«Questo è proprio quello che dirà la polizia, proprio quello che noi vogliamo farle dire, "ma che diavolo!"».

«Non ci arrivo. Che ce ne viene a fargli sapere che io l'ho uccisa?».

«Pensavo che fossi uno sveglio».

«Certo, ma...».

«Tu mi ucciderai, e non mi ucciderai. Adesso cominci a trovare un senso?».

«Per me è troppo oscuro».

«Perfetto!».

I suoi occhi giallo-verdi mi stavano dicendo delle cose, ma io non le coglievo. Guardavo il nodo della sua cravatta. Era nera, a puntini gialli.

«Stammi a sentire!», disse. «Devono presentare un cadavere, giusto?».

Non ero affatto sicuro che tutta quella faccenda mi piacesse. Continuavo a guardare il nodo. I puntini gialli erano dei minuscoli pugnali.

«Devono presentare un corpo, e possono strillare quanto gli pare, ma non potranno fare una sola benedetta cosa se non trovano il corpo. Giusto?».

«Sì, mi sa di sì».

«E il corpo, Laurence, sarà su una nave diretta ai Mari del Sud, dove peraltro sarei sempre voluto andare. Ti è chiaro adesso?».

Cominciavo a intravedere una luce.

«Lei vuole tagliare la corda da sua moglie, mi sta dicendo, e sceglie questo modo per farlo?».

«In parte – ma sì, diciamo che possiamo metterla così. Certamente questo sistemerà tutto, no?».

«Ma è sicuro che non possono fare niente?».

«Io faccio l'avvocato penalista, ti pare che non lo so?».

«Sì, ma...».

«Ma cosa?».

«Be', potrebbero tenermi dentro finché non salta fuori il corpo – e non salterebbe fuori mai. Mai, se lei se ne sta andando in giro per i Mari del Sud».

Sbuffò.

«Supponiamo che ti tengano dentro per un po', o anche nel reparto degli psicopatici, se pensano che sei matto – e allora? Facciano pure. Il più imbecille degli avvocati sarebbe capace di tirarti fuori se non hanno un cadavere – e non lo avranno. A questo ci penserò io. E poi, cos'è un po' di galera rispetto ai cinquemila che ti aspettano quando esci?».

«Sì, ma...».

«Mi sembri scemo con tutti questi "sì, ma". Tu ti intaschi cinquemila dollari dicendo che mi hai ucciso e provandolo. E sei assolutamente al sicuro. Non hai proprio niente di cui preoccuparti».

«Ma se la trovano? Lei ha un'assicurazione, no? Gli assicuratori vorranno essere sicuri che è morto. Potrebbero controllare le compagnie di navigazione. Potrebbe non essere semplice come sembra».

«Tu lascia fare a me. Sarò morto, morto stecchito. Senza un certificato di morte l'assicurazione non la pagheranno, ma anche questo non ha importanza. Mia moglie ha soldi di suo – abbastanza per mantenersi per il resto della vita. Per cui non farti angosciare dalla faccenda dell'assicurazione. Che te ne pare, affare fatto?».

Tirai una lunga boccata dalla sigaretta.

«Ci devo pensare», dissi.

Le sopracciglia gli saltarono su.

«Stai dicendo che devi pensare se quei cinquemila ti potrebbero far comodo?».

«Oh, mi farebbero comodo sì».

«Solo che non sai come spenderli – è questo che ti preoccupa? Vuoi prima pensarci bene?».

«Non voglio buttarmi a occhi chiusi in una cosa così, ecco».

Mi diede una pacca sul ginocchio.

«Perfetto!», disse. «Proprio come speravo che fossi. È questo che intendo quando dico che sei sveglio. Non ti riterrei capace se avessi già deciso. Ora, di questo che ne pensi?».

«Non lo so. Lei cosa ne pensa?».

«Eccolo di nuovo che risponde con una domanda a una domanda. Questo è un altro segno sicuro. Ma sul pensarci su – certo che devi. Be', lo sai che cosa faccio io quando un cliente mi domanda qualcosa o mi chiede un consiglio! Potrei avercela sulla punta della lingua, la risposta – ma gliela do? Macché. Aspetto che la palla rimbalzi. Vado su e giù per la stanza. Guardo fuori dalla finestra. Se giù in strada c'è una bella ragazza, ci metto molto di più a raggiungere una decisione. Poi, quando la do, ha tutto un altro peso. Vale di più. Ma tutte queste cose non c'è bisogno che te le dica. Le conosci già dentro e fuori».

Mi sentivo in gamba – chi non ci si sarebbe sentito?

«Ti dico la verità», riprese Grisby, «se non avessi detto che ci volevi pensare, probabilmente da me non avresti sentito più nemmeno una parola sull'argomento. Non mi fido di uno che prende decisioni troppo in fretta. Fa' pure, pensaci su. Prenditi il tempo che ti serve».

Guardò l'orologio come se mi stesse dando il via da quel momento.

«Al treno mancano tre minuti e mezzo», disse. «Dimmi una cosa: tu nei Mari del Sud ci sei stato, vero?».

«Sicuro – e praticamente in ogni altro posto. Perché?».

«Mi stavo chiedendo qual era il posto migliore dove andare. Tahiti? È veramente come dicono?».

«Ci vada, e non vorrà andarsene mai più. C'è tutto, lì».

«Certo che ne hai girati di posti, no? Un vero uomo di mondo, eh?».

«Questo non lo so dire. Andavo in giro sui mercantili, prima come marinaio comune e poi come specializzato. Ma le dico una cosa – s'imparano molte più cose così che girando da passeggero su uno di quei piroscafi di lusso. Quando sei su una carretta, vai in ogni genere di posto fuori mano dove le navi di linea non si fermano mai, e ti trattano come un re. Arrivavamo in un porto, mi mettevo in ghingheri e sbarcavo e me ne andavo al migliore albergo e non tornavo più a bordo finché la nave non era in partenza. Stare a terra mi costava ogni giorno la paga di due, ma che diavolo – potevi anche non tornare mai più in quel posto, e allora chi se ne frega? Mi invitavano in tutti i posti migliori, solo perché ero giovane e americano, e perché molti di quelli che venivano dagli States erano stufi marci di vivere lontano dagli amici. Mi volevano con loro e quando me ne andavo mi caricavano di regali – le ragazze in particolare. Sa, figlie di ufficiali e di americani giù per affari».

«Com'è che non ne hai sposata una?».

«Oh, avrei potuto, sicuramente».

«Anche una con tanti quattrini, ci scommetto».

«Esatto. Solo che non volevo far soldi in quel modo».

«Be', è altrettanto facile innamorarsi di una ragazza con i soldi che di una senza – anzi molto più facile, direi».

«Può darsi. Solo che non ero interessato».

«Ci credo che non avevano voglia di lasciarti andare, un bel ragazzo come te, e intelligente per giunta. Ma probabilmente non eri pronto a sistemarti – volevi prima vedere tutto il mondo, eh?».

«Probabile».

«Non c'era una famiglia che aspettava che il suo figliolo giramondo tornasse a casa?».

«No. I miei genitori non li ho mai conosciuti. Vivevo nella fattoria di mio zio in North Dakota. Quando lui è morto mi sono messo per mare. Ho ancora la fattoria, ma la terra è tutta per aria e non riesco nemmeno a venderla. Avevo sempre sognato di andare per mare, e non ho mai pensato di viverci. Non che non abbia fatto altre cose a terra, ma per una ragione o per l'altra nessuna è durata molto a lungo».

«Come sei arrivato da Bannister?».

«È successo per caso. Stava diventando sempre più difficile trovare un imbarco e comunque io mi ero stufato. Volevo fare delle cose, arrivare a qualcosa. Ma non riuscivo a trovare lavoro nemmeno a terra. Sa com'erano le cose. Alla fine sono arrivato qui a Long Island, pensando che era qui che stavano i ricchi e che potevo trovarmi un lavoro. Stavo facendo una nuotata quando Bannister mi ha visto».

«Ti ha visto uscire dall'acqua?».

«Già. Salivo dal mare sulla sua spiaggia. Lui mi ha chiamato. Non era seccato che stavo usando la spiaggia, ma era sdraiato lì sulla sabbia e mi ha chiesto di me e io gli ho raccontato. Allora mi ha dato il lavoro. Questo è tutto».

«Sì, lo so», disse Grisby. «Ma non è per questo che ti ha assunto – solo perché aveva bisogno di qualcuno, dico».

«No?».

«No. Bastava che alzasse un dito e avrebbe potuto averne a dozzine dalla città. Se ha preso te è perché eri giovane e bello e avevi un fisico magnifico».

«Che stupidaggine», dissi io. «Che differenza faceva?».

Si mise a ridere.

«Tutta la differenza del mondo», disse. «Vuoi dire che non ti ha mai raccontato della sua gamba? È stato in guerra che è successo. Questo prima che fosse nel servizio di spionaggio. Era tenente e stava facendo installare una cucina da campo. Arrivò una bomba. Quando si svegliò all'ospedale gli dissero che avrebbero dovuto tagliargli via la gamba».

Rimase zitto per tanto tempo che gli chiesi: «Così, gliela tagliarono?».

«No, non gliela tagliarono. Non se la sarebbe mai lasciata amputare. Diceva che se così stavano le cose preferiva morire. Loro fecero il possibile, e riuscirono a salvargli la vita, ma la gamba rimase tutta storta e non riuscì mai a guarire per bene. È rimasto amareggiato e un po' strambo».

«In che senso – strambo?».

«Oh, gli è rimasta nel cervello una fissazione sui giovani che ciondolano in giro. Dice che perdono i momenti più preziosi della vita e non se ne rendono conto. Pensa che dovrebbero darsi da fare – capisci, afferrare i frutti finché gli vengono offerti. Quel genere di cose. L'idea che ha è che potrebbero rimanere storpi anche loro di qui a un'ora, come è capitato a lui – come fanno a sapere che non succederà? – e a quel punto i frutti verrebbero loro negati come sono stati negati a lui. Strambo? Perde completamente i lumi quando attacca con questo argomento!».

«A me non ha mai detto niente».

«Be', te lo dirà, te lo dirà! Ha avuto parecchio da fare, ecco tutto. Ma la ragione per cui ti ha assunto è questa, puoi scommetterci. Gli piace avere intorno gente giovane e sana, come sarebbe lui, per poterli vedere mentre fanno tutte le cose che farebbe lui ma non può per colpa della gamba».

«Ma non sembra che gli manchi niente», dissi io. «Ha un sacco di quattrini, una gran bella casa, una moglie giovane e bellissima...».

«Sì, una moglie giovane e bellissima che lo detesta, che lo ha sposato quando aveva diciotto anni, prima di sapere come stavano le cose, e da allora se n'è pentita amaramente».

«Davvero è così? A me sembra che filano piuttosto bene».

«Ma figurati! Che cosa può mai avere in comune una ragazza come quella, che non è più vecchia di te, con un uomo come Bannister? Che è lì sempre a rimuginare sulla sua gamba matta. È distrutto, e non lo sa».

Il fischio del treno risuonò lugubre lungo la palude.

«Be', rifletti sulla proposta», disse smontando.

3

Continuai a rigirarmela nella mente come una frittella che scotta.

Cinquemila dollari!

Era proprio un gran mucchio di quattrini. Non troppo per farmi mettere nei guai con un'accusa di omicidio, anche se era tutto organizzato per farmi tornare libero. Poteva sempre succedere qualcosa.

Ma era troppo per Grisby, pagare tutti quei soldi solo per far sembrare che fosse morto. Ci doveva essere qualche ragione in più, oltre a voler lasciare la moglie. Se era tutto lì, poteva semplicemente prendere e andare.

Un'altra cosa: la polizia avrebbe voluto sapere perché l'avevo ucciso. Avrebbero cercato di tirarmelo fuori con tutti i mezzi. Che cosa potevo dire – una rapina? Si sarebbero presi i cinquemila, sicuro come l'oro. Che altro? Feci una lista di tutti i moventi che mi vennero in mente:

– Odio?
– Rabbia?
– Gelosia?
– Vendetta?

Da quello che potevo vedere, nessuno di questi andava bene. Rapina, sì, poteva essere. Ma era escluso; *doveva* essere escluso. Ma quali altre ragioni potevano esserci perché l'autista del suo socio lo ammazzasse e scaricasse il cadavere nel Sound?

Be', quello era un problema di Grisby, non mio. Solo che non avevo intenzione di buttarmici dentro a occhi chiusi. Prima dovevo saperne di più. Ora come ora la cosa puzzava – puzzava troppo.

Eppure – cinquemila dollari! Che cosa non potevo farci,

con tutti quei soldi! Quella sera, seduto in camera mia, pensai a tutte le cose che potevo farci.

La stanza era sopra il garage. La signora Bannister aveva fatto un lavoro di prim'ordine a sistemarla. Allegre tendine alle finestre. Un letto bello pulito. Scaffali per i libri. Una scrivania. Un camino che in inverno sarebbe stato magnifico. Tutta roba per me! Il lavoro non era niente di faticoso, oltretutto. Ma l'intera situazione non reggeva il confronto con cinquemila dollari.

Squillò il telefono. Erano quasi le nove. La voce bassa e roca della signora Bannister. Potevo portare l'auto all'ingresso? Avevano intenzione di scendere alla spiaggia.

Bannister uscì per primo, camminando nel modo comico e saltellante a cui lo costringeva la gamba. Indossava un lungo accappatoio bianco con il cappuccio abbassato sulle spalle ed era molto bello con quei capelli neri, lisci e lucidi. Visti da vicino i suoi lineamenti erano troppo marcati, le guance troppo incavate perché la sua fosse una vera bellezza. Gli occhi neri, profondamente incassati sotto le sopracciglia scure gli davano un'aria ingrugnata e sprezzante.

«Buonasera», dissi. «Bella serata per una nuotata».

«Sì, vero?». La sua voce era fredda.

Mi morsi la lingua, ricordandomi che non poteva nuotare.

Aveva con sé un plaid e degli asciugamani che buttò sul sedile posteriore mentre io accendevo i fari.

«Dov'è il tuo costume?», chiese.

«Il costume?».

«Non l'hai portato?».

«Be', no. Non pensavo...».

«Oh, andiamo, non facciamo cerimonie tra noi. Mi fa piacere di averti con noi. Se fa caldo per noi, farà caldo anche per te. E poi, la signora Bannister va sempre a nuotare troppo al largo. È pericoloso, di notte. Puoi tenerla d'occhio. Sbrigati però. Di corsa!».

Salii e presi il costume. Quando tornai giù la signora Bannister era lì. Era in piedi accanto all'auto nella luce che veniva dalla casa. Solo vederla mi tolse il fiato. Indossava un costume da bagno bianco a un pezzo che le lasciava la schiena scoperta, e i capelli rosso scuro le scendevano sciolti e ribelli sulle spalle.

Sulla spiaggia c'era un capanno. Lì mi cambiai e uscii e mi sedetti sulla sabbia accanto a Bannister. Se ne stava rannicchiato sulla coperta fumando la pipa. Mi guardai intorno cercando con lo sguardo la signora Bannister. Non c'era.

La luna era alta sull'acqua e lungo tutta la spiaggia, a destra e a sinistra, fin dove si poteva vedere, c'erano dei piccoli fuochi. Da una parte un uomo suonava la chitarra e una ragazza cantava.

Rimanemmo seduti ad ascoltare. Dopo un po' un motoscafo ci passò veloce davanti saltellando al chiaro di luna. Saltava e tornava giù alzando spruzzi d'acqua, con il motore che strepitava a tutto gas.

Improvvisamente virò verso la costa e caricò dritto verso l'approdo della spiaggia di Bannister.

Bannister fece per saltare su, poi si riadagiò quando il motore fu spento e la barca rallentò fino a fermarsi.

La signora Bannister ne scese con un balzo, ridendo e agitando la mano verso il marito.

Bannister si morse il labbro. Gli aveva fatto prendere un bello spavento – di proposito, si sarebbe detto.

«Meglio che vieni qui», la chiamò. «Facciamo un fuoco».

Lei scosse la testa, corse al trampolino e si tuffò.

Bannister sospirò.

«L'acqua sembra bella», disse.

Lo guardai; mi stava studiando.

«Amico, hai un gran fisico», disse.

Cosa potevo dire?

«È tutta apparenza», gli dissi. «Un marinaio la metà di me una volta me le ha suonate di santa ragione».

«È vero, hai fatto il marinaio, eh?».

«Quasi tutto il tempo. Ho fatto anche altre cose. Vendita porta a porta, guidato un camion, lavorato a un giornale...».

«Ma davvero!».

«Già».

Gli dissi che quando ero in mare leggevo tutti i buoni libri che mi riusciva di procurarmi, e che avevo provato a scrivere fin da quando ero un ragazzino, anche se su a Goodrich, North Dakota, non ero mai andato oltre le medie.

«Pensavo che sarei arrivato da qualche parte quando ho cominciato a lavorare nel giornale», dissi, «e mi ero perfino iscritto ai corsi serali al college. Ma quando i tempi si sono messi male ho scoperto, come tanti altri, che con le mani potevo mettere insieme tre pasti al giorno molto meglio che con la testa. E allora quando mi sono licenziato dal giornale mi sono trovato uno di quei lavori che ti spezzano sul serio la schiena, portando un camion da dieci tonnellate in giro per il paese per diciotto ore al giorno. Nemmeno quello è durato, e così ho tirato fuori il vecchio patentino da marinaio specializzato e sono tornato in mare».

Non mi ascoltava. Fissava le braccia della moglie che andavano su e giù nella striscia bianca tracciata dalla luna.

«Meglio che tu vada a tenerla d'occhio», disse.

La sua voce diceva molto più di questo. Diceva che per lui lei era preziosa... che non poteva permettere che le accadesse qualcosa.

Arrivai in cima al lungo pontile e mi tuffai.

Era profondo, lì – un buon posto per dire che ci avevo scaricato Grisby. Avevo sentito dire, oltretutto, che molto raramente si recuperava un corpo dal Sound. Aveva qualcosa che lo teneva a fondo o lo portava al largo. Avrebbe funzionato – se avessi deciso di farlo.

In un primo momento l'acqua era fredda, ma quando raggiunsi lei andava bene.

Voltò la testa, sorridendo, e tirò avanti. Era facile starle dietro. Poi cominciò a staccarmi. Da come andava, mi feci l'idea che non voleva che la controllassi, che poteva annegare o no da un momento all'altro. Le lasciai prendere un po' di vantaggio e quando si stancò tornai ad avvicinarmi. Si girò sulla schiena e si lasciò galleggiare.

«Che cielo!», disse.

Sembrava che rotolasse sopra di noi a un milione di miglia al minuto. Si poteva quasi sentire il rombo.

Rimasi fermo e zitto a guardare. Non era a me che aveva parlato, lo sapevo, ma a se stessa.

Tornando, tagliò verso una piattaforma galleggiante che ondeggiava sull'acqua a una quindicina di metri dalla riva. Ci aggrappammo senza fiato, ansimando. Era stata una bella nuotata.

«Aiutami a salire, per favore».

Mi issai sulla boa e mi allungai verso di lei. Lei mi mise una mano sul polso e l'altra sulla spalla e venne su facilmente, ridendo. Salita, scivolò e si strinse vicina. Un brivido la percorse. Le misi la mano sulla schiena per reggerla e sentii sulla faccia i suoi capelli come alghe scure. Il cuore mi prese a battere forte.

La piattaforma fece un sobbalzo nell'acqua con un movimento incontrollato, spingendoci ancora più vicini. Il suo corpo premeva.

Guardai verso la spiaggia. I fuochi erano come lucciole. Non riuscivo a distinguere Bannister, vedevo tutto appannato. Mi chiesi se lui potesse vederci, casomai succedesse qualcosa.

Poi la piattaforma si stabilizzò e lei si sdraiò mettendo le mani dietro la testa, distesa a guardare le stelle.

Mi sentivo parecchio scosso. Ora l'avevo vista veramente per la prima volta non come una donna sposata a cui guidavo l'auto ma come una donna stupenda e quasi della mia età.

Mi sedetti accanto a lei sul bordo della zattera e cercai di rimettere il respiro sotto controllo.

Ora era così vicina che avrei potuto chinarmi e baciarla. Non lo feci. Doveva venire da lei. Non potevo correre il rischio di perdere il posto.

Dopo un po' si sollevò su un gomito, guardandomi, e poi tornò a guardare le stelle.

«Potresti prendermi quella rossa grande», disse.

Non capii che cosa volesse dire. Poi la vidi, troppo tardi. Marte. Dovette pensare che ero parecchio tonto.

Sorrise e si rimise giù.

«Non faresti meglio ad andare a preparare il fuoco?», domandò.

Fine della lezione.

Mi tuffai e tornai nuotando lentamente. Avevo molto da pensare.

4

Bannister stava ancora tirando dalla pipa, l'accappatoio sulle ginocchia. Indossava una maglietta a righe bianche e blu e appariva magrissimo.

Dissi: «La signora Bannister vorrebbe un asciugamano e il pettine».

«Ah, sì».

«E le sigarette».

Lui le pescò dalla borsetta, esitando un poco.

«Ha detto che intende rimanere lì fuori? Dille che preferirei che tornasse, ti spiace? Accenderemo un piccolo fuoco. Com'era l'acqua?».

Non volevo che pensasse che gli fosse sfuggito qualcosa.

«Un po' fredda», risposi. «Glielo dirò».

Ora forse ci sarebbe stata una storia diversa. Almeno, avevo avuto un'altra occasione. Ma comunque non volevo avviarla io.

Lei disse: «Oh, grazie. Sei stato gentile a portarmi le mie cose».

«Il signor Bannister dice...»

«Sì, lo so. Sempre la stessa cosa. Digli quando ho finito questa sigaretta. Voglio starmene sdraiata qui a guardare le stelle per un poco. Stanotte è una meraviglia».

Cominciò a strofinarsi con l'asciugamano, mugolando la canzone che stavano suonando sulla spiaggia. Non mi prestò più la minima attenzione.

La lasciai sulla piattaforma e tornai indietro e trovai dei legni e accesi un fuoco. Mi sentivo piccolo piccolo. Figuriamoci se avrebbe voluto avere qualcosa a che fare con il suo autista. Non era di quel genere.

Ce ne rimanemmo seduti a guardare il fuoco, Bannister rimuginando sulla sua pipa e senza dire una parola. Ogni tanto una coppia ci passava vicino spostandosi da un gruppo a un altro. Sembravano tutti in sintonia con la musica; noi no.

Improvvisamente arrivò di corsa una ragazza. Incespicò

nella sabbia e si rialzò ridendo, guardandosi alle spalle. Aveva addosso un costume con il reggiseno legato dietro la schiena e le labbra erano rossissime sul viso abbronzato. Un bel ragazzo della mia età era proprio dietro di lei. La raggiunse davanti a noi e la tirò di nuovo giù nella sabbia con un grido. Lei smise di ridere. Gli portò le braccia al collo e rimasero immobili. Dopo un po' lui la rialzò e la portò in braccio lungo la spiaggia. Nessuno dei due ci aveva rivolto neppure un'occhiata.

Bannister si tolse la pipa di bocca e mi fissò.

«Buon Dio, amico», disse con la sua voce rauca. «Come fai a startene seduto qui, non hai voglia di partecipare a tutto questo? Quanti anni hai?».

«Ventisei».

«Sai quanti ne ho io?».

«Mah, direi sui... sui quaranta». Mi pentii di non aver detto trentacinque.

«Be', ne ho quarantatré. Quarantatré! Lo sai che cosa darei per averne ancora ventisei, con un fisico come il tuo?».

Dissi: «Non ne dimostra, quarantatré».

Fece una risata in fondo alla gola.

«No, ma a quarantatré anni quanto mi pesano addosso le mie migliaia di anni di nullità».

Pensai che fosse a causa della notte e delle canzoni e delle onde che arrivavano sulla spiaggia. Sentivo odore di whisky, però, e mi ricordai che ci dava dentro con il suo Scotch e soda. Insomma, alla sua età era ancora giovane. Io non ero così giovane da non saperlo; avevo visto marinai duri come spade di pescespada a sessanta e perfino a settant'anni, e però lì c'era quella sua gamba. Era quella, probabilmente, la causa.

«E la cosa penosa è», disse, «che quando sei giovane non

riesci a immaginare che sarai vecchio e che allora vorresti avere la possibilità di tornare giovane. Se potessi, regoleresti ogni cosa in modo diverso, te lo assicuro. Era Voltaire, no, che diceva che in gioventù facciamo l'amore e da vecchi ci occupiamo della salvezza?».

Che cosa pensava, che dovessi andarmene da qualche parte a fare l'amore? Buona, questa.

«C'è una poesia che mi piace recitare», disse. «Ti va di sentirla?».

«Certo». Ero pagato per questo.

«Dice così». Si protese in avanti, il viso al tempo stesso scuro e luminoso alla luce delle fiamma, la voce al tempo stesso ardente e vecchia.

«*La sosta di un momento – un momentaneo assaggio*
Dell'Essere dal Pozzo nel Deserto –
Ed ecco! – la Carovana fantasma ha raggiunto
Il Nulla da cui era partita – Oh, affrettiamoci!».

«Bella», dissi.

Mi guardò con il sopracciglio sinistro sollevato per qualche momento, poi si strinse nelle spalle. Pensai che volesse lasciar cadere l'intera faccenda e lasciarmi perdere come una totale nullità. Mi misi ad attizzare il fuoco e feci per andare a cercare altra legna, ma lui mi fermò.

«Stai a sentire!», scattò.

Era più teso di quanto pensassi. Poi scorsi la bottiglia sul plaid e capii che l'aveva usata per tutto il tempo che noi eravamo fuori a nuotare. Mi sedetti e lo lasciai parlare, senza ascoltare troppo attentamente... tutto sulle cose che gli venivano negate per via della gamba, per cui non avrebbe potuto "affrettarsi" se avesse voluto. Ma la cosa che più gli faceva bollire il sangue era il fatto che quelli che *potevano* non facevano niente in proposito, come me. Erano addormentati e forse non si sarebbero svegliati mai. Mai, forse, finché non fossero stati sul punto di morire. E allora sarebbe stato troppo tardi per svegliarsi.

E che diavolo, pensai.

«Io stesso, in guerra... andando in congedo, sapendo che il momento immediatamente successivo poteva essere l'ultimo – vedendo quanto poteva essere meschina la via, anche la mia...».

La signora Bannister, comparendo di colpo alla luce del fuoco, mi fece prendere uno spavento. Immaginai che stesse ascoltando.

«Marco, per l'amor del cielo», disse. «Ancora?».

«Sì, Elsa», le fece il verso. «Ancora!».

Lei parve sorpresa e non del tutto sicura di aver sentito bene.

«Non ti stanchi mai, sempre con questa...». Si fermò, guardandolo con le labbra socchiuse.

Gli occhi di Bannister lampeggiarono gialli alla luce delle fiamme. Aveva le vene del collo e della fronte gonfie. Se non avessi saputo che aveva bevuto sarei rimasto anch'io stupito.

«Mi sono stancato del tuo atteggiamento, sempre a trattarmi come un bambino da assecondare...».

Lei non aveva cercato di assecondarlo, solo di essere gentile.

«Oh, non è questo; lo sai benissimo. È solo che...».

«Che cosa? Solo cosa? È il caso che l'affrontiamo questa faccenda, Elsa, e ora va bene come qualsiasi altro momento. Non ho bisogno di dirti che ultimamente ti stai comportando in modo strano. Penso di avere il diritto...».

Si fissarono senza parlare per qualche momento, con la signora Bannister che s'infiammava ogni secondo di più.

Pensai che la miccia doveva bruciare da diverso tempo, che sulla cosa ci erano passati e ripassati infinite volte e ora stavano solo riprendendo l'argomento dal punto in cui l'avevano lasciato l'ultima volta.

E io me ne stavo lì, a osservare l'intera faccenda come a teatro. Avrei voluto alzarmi e allontanarmi, ma non potevo.

«Tu!», disse lei. Torse le labbra. «Sempre a pensare a te! E io – e la mia giovinezza?».

Sgocciolava tutta e il costume bianco le stava appiccicato addosso e la sua pelle liscia e colorita luccicava di gocce d'acqua. Non sembrava ci fosse niente che non andasse nella sua giovinezza. La rabbia la rendeva ancora più bella.

Visto che nessuno dei due faceva caso a me, me la studiai per bene... i seni pieni, puntuti, palpitanti di respiro; le gambe snelle abbronzate e la schiena e le spalle nude e levigate; il naso piccolo e dritto, gli occhi castani e le grandi labbra rosse, che mi facevano venir voglia di premerle – forte.

«La tua giovinezza!», disse Bannister. «Non fosse stato per me staresti ancora a buttarla via, la tua giovinezza, in quel corpo di ballo, tre spettacoli al giorno fino a sfiancarti. E prima di quello, che cos'eri? Niente – non avevi un centesimo».

Ah, ecco com'era – aveva fatto la ballerina. Adesso lo vedevo.

«Oh!», disse lei. Riusciva a stento a parlare. «Come sei amaro, la tua mente è tutta contorta e deformata».

Bannister spezzò un rametto e il rumore fu come uno sparo.

«Amaro!», disse. «Chissà come mai sono amaro».

Rise, ma la sua faccia s'immobilizzò nello stesso istante. La mandibola protesa, si mise a parlare alle onde.

«Forse perché, sapendo che ogni momento poteva essere l'ultimo, ero ansioso di afferrare i frutti prima che fosse troppo tardi. E allungandomi a coglierli...». Qui si allungò, tendendo una lunga mano ossuta. «Che cosa successe?».

Non lo stava domandando a noi ma alle onde.

«Una bomba, un'esplosione di rosso – l'intero cielo un vortice di rosso – buio totale – una gamba storpia – i frutti negati».

Ritirò indietro la mano.

«Amaro!», ripeté.

Il viso della signora Bannister era ancora più scuro del suo.

«Se sei così amaro», replicò senza fretta, «mi meraviglia solo che tu continui a vivere».

Questo sembrò tirarlo un po' fuori dall'effetto dell'alcol.

«Esattamente, che cosa vuoi dire?», chiese.

Lei raccolse le sue cose e si avviò verso l'auto. Per un momento pensai che forse stava piangendo, e saltai in piedi per aiutarla.

Bannister fece per alzarsi e poi si lasciò ricadere, seguendola con lo sguardo. Si vedeva che la gamba gli faceva male.

«Elsa, per l'amor di Dio!», chiamò. «Non vorrai...».

Lei si voltò molto lentamente e tornò indietro, guardandolo dall'alto. Non stava piangendo.

«Sinceramente, non ti è mai venuto in mente», disse sottovoce, in tono quasi triste, «che potresti stare meglio – molto meglio – da morto?».

Sembrava tutta una cosa un po' da pazzi – Grisby che voleva essere "ucciso" e mi offriva cinquemila dollari per il lavoro. Bannister che rimestava sulla sua gamba storpiata, amaro e sprezzante. La moglie, di parecchi anni più giovane, che lo odiava, adesso lo sapevo, e che mi toglieva il fiato ogni volta che pensavo a noi là fuori sulla zattera...

Non potei fare a meno di chiedermi in che cosa mi stessi cacciando. E quasi all'istante lo seppi.

5

«Allora, ci hai pensato?», chiese Grisby. Era letteralmente spumeggiante di entusiasmo e giovialità.

Gli dissi di sì. Sì, dissi, solo che non riuscivo a pensare a nessun movente che potessi avere per ucciderlo.

«Il movente!», disse. «È solo questo che ti preoccupa!».

Si mise a ridere. Mi diede una pacca sulle spalle. Era soddisfatto di qualcosa, era chiaro.

Era buio – si era fermato a cena dai Bannister. Eravamo in macchina fermi su una collinetta lungo la strada che portava alla stazione. In basso c'era la palude che correva accanto ai binari e sopra la palude c'era una foschia rossastra, umida e appiccicosa.

Avevo sentito dire che quel posto era un vivaio di ratti, conciato male come Rats Island di fronte al porto. Da queste parti non ci viveva nessuno; quella di Bannister era una delle ultima case prima di arrivare alla palude, ed era un po' arretrata. Gli scheletri di alcuni edifici ancora in piedi sulle parti asciutte della palude mostravano i punti in cui qualcuno di tanto in tanto aveva cercato di sistemarsi – fabbrichette che erano spuntate perché gli affitti erano bassi e la ferrovia era vicina. Avevano fatto di tutto per liberarsi dei ratti, e i ruderi dicevano chi aveva vinto. Che posto!

«Quello che è certo è che non possiamo usare la rapina. E cos'altro c'è? Qualcosa dovrò pur dirgliela, no?».

«Alla polizia? Chiaro. Ma chi ha parlato di rapina?». Le sue folte sopracciglia andavano su e giù. «Lascia fare tutto a me, te l'ho già detto, no? Il buon vecchio Lee Grisby – una risposta per ogni problema. E qual è la risposta qui? Incidente, ragazzo mio, incidente».

«Incidente!».

«Sicuro. Perché no?».

Pensai in fretta.

«Be'», dissi, «un incidente potrebbe anche essere, ma come mi verrebbe in mente di scaricarla nel Sound?».

«Semplice. Avrai sentito parlare di pirati della strada, no?».

Sbattei le palpebre.

Dissi: «Allora, se ho capito bene, prima la stendo con l'auto. E poi le pianto una pallottola in corpo. E poi la butto nel Sound. Ragazzi, altroché se siamo sicuri che è morto!».

Rise di nuovo, proprio contento. Disse che no, che l'idea non era per niente quella.

«L'idea», disse, «è che mi uccidi involontariamente. Poi ti prendi paura. Pensi che magari non ti credono o che la pagherai cara o che anche se ne esci, rischi di perdere il posto. È lo stesso che capita quando investi uno. Be', te la batti. Ma in questo caso, prenderai la precauzione di far sparire il cadavere».

«E così la butto nel Sound?».

«Esatto. Quello che pensi è: "Se non lo faccio, la polizia mi chiederà perché l'ho portato in quel posto isolato e non alla stazione, come mi era stato ordinato. Diranno che ho cercato di rapinarlo, lui ha reagito e io l'ho ammazzato. No, meglio togliere di mezzo il corpo. Così nessuno ne saprà niente"».

Sentivo che mi stava tornando la paura.

«Che posto isolato?», chiesi.

«La spiaggia – la spiaggia di Bannister. È qui che succede. Io vengo a parlare con Bannister. Quando me ne vado, tu mi porti alla stazione, come al solito. È notte, e perdiamo il treno – studieremo i tempi per perderlo».

«Fin qui, bene. Ma non capisco ancora come succede che le sparo».

«Ci sto arrivando... Allora, quando perdiamo il treno decidiamo che fa troppo caldo per aspettare quello dopo, lì alla stazione, e allora scendiamo alla spiaggia dove c'è un po' più di fresco. Mentre aspettiamo, sentiamo dei rumori. Pensiamo che potrebbe essere un malintenzionato. Tu tiri fuori la pistola dal portaoggetti dell'auto – Bannister te ne ha data una da portare, no? Era stata una mia idea; gliel'ho suggerito io. Questo ti fa vedere come sono stato accurato.

«Bene. Tu fai per scendere dalla macchina per indagare con la pistola in mano. Parte un colpo, accidentalmente. Lo farà, ci penseremo noi. Poi ti accorgi di avermi colpito, ti spaventi e butti il corpo giù dal pontile».

«Ma non sul serio», dissi.

Si tirò indietro e mi guardò.

«Meglio non sul serio», disse.

Qui lo coglievo in castagna.

«Ma lei ha detto che ci sarebbero stati dei testimoni», gli ricordai.

«Sicuro. Ne avremo. Altrimenti come potremmo far sembrare che ero morto? Senza un cadavere, un minimo di prove ci vuole. Qualcuno deve vederci mentre scendiamo insieme alla spiaggia. Faremo in modo che ci vedano. Poi qualcuno dovrà vedere te che torni dalla spiaggia solo. Questo sarà facile. C'è sempre gente in spiaggia in una sera calda».

Non mi veniva in mente niente da dire.

Dissi: «Come sappiamo che sarà calda?».

«Sceglieremo una sera che lo è... Bene. Sentono lo sparo. Arrivano di corsa e tu sei solo. Perché? Perché sarà passato abbastanza tempo per permetterti di disfarti del cadavere. Se no, se arrivano troppo presto, puoi dire che mi avevi coperto con qualcosa nell'auto e ti sei liberato del corpo quando se ne sono andati».

«E a che cosa avrei sparato?».

«Alla luna – a una lattina – che te ne importa? In questa fase non dovrai cercare di dimostrare niente tranne che sei solo. Più tardi, quando la polizia comincerà a indagare, cederai e confesserai l'incidente. Controlleranno. I testimoni racconteranno di noi due scesi insieme alla spiaggia e di te ritornato da solo. Diranno dello sparo. E tutto combacerà alla perfezione».

«E mettiamo che non credano che è stato un incidente?».

«Mettiamo che non credano? Di questo abbiamo già parlato. Spetta a loro produrre il cadavere... Allora, questo non risponde alla domanda scottante del momento? O c'è dell'altro? Chiedimi, se c'è altro. Non deve esserci il minimo intoppo. Deve filare tutto come un orologio».

Mi sentivo parecchio depresso.

Dissi: «Be', potrebbero mandarmi in galera solo per essere sicuri che non me ne vado in giro ad ammazzare qualcun altro».

«Non dire sciocchezze. Te l'ho detto che non possono trattenerti. Il più idiota degli avvocati saprebbe tirarti fuori. Ma anche di questo abbiamo già parlato. Cos'altro c'è?».

«Una grande domanda: Quando?».

Grisby si tolse gli occhiali e si mise a strofinarli con un fazzoletto bianco inamidato.

«Quando?», disse. «Presto. Molto presto. Magari domani sera».

Guardò fuori dove la luce della luna squarciava la nebbia sopra la palude, pensando.

«Dice sul serio?», domandai.

«Perché no?».

«Non mi immaginavo...».

«Perché aspettare? Io, quando ho studiato un piano e ho visto che è inattaccabile, vado avanti. Sissignore», disse, «penso che sarà domani sera!».

«Ma perché proprio domani sera?».

«I giornali dicono che domani sera farà caldo. Dobbiamo essere sicuri dei nostri testimoni».

Non mi fidavo di lui. Da qualche parte c'era qualcosa che non quadrava.

«Se le cose stanno così», dissi, «stasera c'è un gran caldo. Perché non stasera?».

Lui si rigirò a guardarmi alla luce che veniva dal cruscotto. Qualcosa nel modo in cui mi guardava mi gelò. Sentii la pelle d'oca sulle braccia.

«C'è qualcosa che ti rode», disse. «Di che si tratta?».

La sua voce era aspra come la nebbia che si strusciava contro la macchina.

Dissi: «Assolutamente niente. Perché?».

«Non ti starai ancora preoccupando del movente?».

«Oh, no».

«E allora che cos'è?».

«Be'...».

«Avanti, sputa!».

Allora dovetti dirglielo. «È solo che non mi sembra che mi abbia detto tutto».

Continuò a guardarmi a lungo, poi si riappoggiò allo schienale. Questo mi diede modo di accendermi una sigaretta e di riprendermi. Per un minuto avevo avuto paura, lo ammetto. Ora mi sentivo di nuovo a posto, e lui sembrava quello di sempre. Forse che era cambiato me l'ero immaginato io.

Si accarezzò il mento, tenendo gli occhiali nell'altra mano e tamburellandoli sul ginocchio, riflettendo. Non era male, senza occhiali. I capelli dorati corti e dritti, il profilo da attore e la corporatura massiccia probabilmente avevano fatto di lui un diavolo con le donne, quando era giovane. Forse ancora adesso, per quello che ne sapevo.

«Non mi viene in mente niente che potrei aver lasciato fuori», disse. «A meno che – sì, certo. I cinquemila. Non ti do torto. Be', vediamo. Bannister e sua moglie domani vanno in città. Lei va a far spese – puoi lasciarla da qualche parte, portare lui all'ufficio e poi fare un salto in banca con me. Potrai vedere che prelevo i soldi. Anzi, ti darò un anticipo. Va bene così, sì?».

«Oh, per quanto riguarda questo è tutto a posto. Non dicevo quello».

«No? E allora?».

«Be'», dissi, «si tratta della ragione per fare tutto questo. Lei ha detto che era per liberarsi di sua moglie. Vuole farle credere che è morto. Sta bene; sua moglie non vuole concederle il divorzio, e se lei vuole tirarsi fuori da tutto, comunque, come ha detto, perché no?».

«Questa è la tua risposta, giusto? Te lo dico io, Laurence, un uomo può sopportare, ma fino a un certo punto. Qualcuno si butta dalla finestra, qualcuno si arruola nella Legione Straniera, ma io ho più immaginazione. Mi faccio una nuova identità e rispunto nei Mari del Sud!».

«Lo so, e sono con lei. Solo che non capisco perché prendersi tutto questo disturbo, e dare a me cinquemila dollari, solo per fare questo. Che cosa le impedisce di sparire, dico io? Sua moglie non potrebbe fermarla, questo è chiaro. E non c'è legge che lo vieti, che io sappia».

Sorrise.

«Te l'ho detto che eri sveglio. Lo sei. Ma secondo te mi lascerebbe sparire senza battersi? Mi seguirebbe in capo al mondo, solo per rovinarmi la vita, se non altro. No, meglio rendere definitiva la cosa. Farle credere che sono morto. Far credere a tutti che sono morto. Fare un lavoro a regola d'arte».

Per me c'era ancora qualcosa che puzzava, ma non riuscivo a capire bene che cosa.

Continuò: «Non crederai che non ci ho pensato per bene, nelle notti che me ne stavo sdraiato a letto senza poter dormire per l'ansia? Non capisci quanto vale per me pensare che tutto il mio passato è finito? Tu sei giovane; è possibile che non capisca. Speriamo che non debba mai capirlo!».

«Be'...».

Non riusciva a inquadrarmi. Nemmeno io ci riuscivo, ma c'era una luce rossa che lampeggiava davanti a me e diceva "Stop!".

«Evidentemente a quei cinquemila non ci tieni tanto», disse. «Immagino che ti arrivano tutti i giorni offerte del genere».

Io dissi: «No. Quei soldi li vorrei eccome, chi non li vorrebbe, ma penso che è meglio che non conti su di me».

«Che cosa!».

«Non credo che voglio andare avanti con questa cosa», dissi.

6

Dovevo vedere qual era la mia posizione, intanto. Non ero affatto sicuro di me, non come sembravo. E, per la verità, sapevo anche benissimo qual era la mia posizione. Giusto dietro l'ultima biglia da mandare in buca.

«Be', non puoi chiamarti fuori proprio adesso», disse.

Non stava cercando di spaventarmi. Era la dichiarazione di un semplice dato di fatto, da come l'aveva detto.

Guardai fuori, verso la palude. Avevo gli angoli della bocca che non stavano fermi. Non volevo che mi vedesse così.

«Perché no?», chiesi. La voce mi tremava.

«Perché no?», ripeté lui. «Gesù Cristo! Usa la testa. Come mi troverei io? Tu sei dentro, a questa cosa, e devi arrivare fino in fondo».

«Lo so, ma...».

Si mise a ridere, ma non come faceva di solito. Questa risata mi fece venire un'altra volta i brividi.

«Ti credevo uno duro. Pensavo che tenessi gli occhi aperti sulla grande occasione. Non è che ora molli e ti metti a piangere? Non ti sto nemmeno chiedendo di fare qualcosa per i cinquemila, solo di far sembrare che mi hai ucciso. Be', potrei far fare la cosa vera per un biglietto da cento, o forse la metà».

«È proprio questo. È come ha detto lei. Potrebbe farlo fare a qualcun altro praticamente per niente. Perché darne a me cinquemila?».

«E perché no? Tu mi interessi, ho una quantità di denaro che mi basta, tu mi fai un favore, e passato domani sera probabilmente non ci vedremo mai più. E allora, perché pensi che ci debba essere sotto un trucco?».

«Non dico questo. Semplicemente non sono sicuro che sia tutto qui».

Sbuffò. Lo stavo mandando in bestia, ma dovevo capire.

«Vuoi dire che hai paura», disse. «Bel marinaio che sei! Su che razza di nave eri, comunque, un ferry boat? Guardati le mani. Stanno tremando».

Rimasi fermo sul punto. «Lei non mi ha detto tutto».

«Perché dovrei dirti qualcosa? Così quando è il momento vai in pezzi e ti metti a singhiozzare? Spiffereresti tutto. Vuoteresti il sacco alla prima occasione». Mi squadrò dall'alto in basso. «Ragazzo mio», disse, «sei una piaga. Come mi possa essere venuto in mente di pensare che avevi fegato, per me è un mistero».

«Idiozie. Anche lei sarebbe preoccupato se qualcuno le facesse un discorso del genere. Di che si tratta? È chiaro che devo sapere tutto. Mi ritroverei nei guai fin qui se non lo sapessi e qualcosa andasse storto. E anche lei. Ma se è proprio così che la pensa, per me sta bene!».

Premetti sulla frizione.

«No, aspetta un minuto».

Mi mise una mano sul braccio per fermarmi, e allora vidi che sorrideva.

«Adesso sì che parli con il cervello», disse. «Non pensavo di avere fatto uno sbaglio con te, ma dovevo metterti alla prova, no? Sta bene. Ora ti dico tutto – sparo tutto il caricatore».

Quando lo fece mi venne quasi un colpo.

«Tutto quello che ti ho detto vale sempre», disse. «Io sparisco. Tu torni al lavoro come se non fosse successo niente. La polizia viene a cercarti. Non sanno ancora di me, non sanno nemmeno che sono scomparso. Per questo è troppo presto».

«E allora perché vengono a cercarmi?».

Abbassò la voce.

«Vengono a cercarti per un altro omicidio, non per il mio».

Mi mancò il fiato. Le orecchie mi ronzavano. Allora era questo. Un altro omicidio. Lo sapevo che da qualche parte c'era un trucco. Era questo!

Grisby continuò. «Ti interrogano – ti accusano dell'omicidio. Loro ti torchiano e tu cedi. Per quanto ti riguarda, qualsiasi cosa pur di toglierti di dosso quell'accusa. Dimostri che *non puoi* essere stato tu, *confessando di aver ucciso me*. Te l'avevo detto che a suo tempo saresti stato ansioso di provarlo. Ecco perché. Provando che hai ucciso me – accidentalmente, secondo il nostro piano – provi che non potresti aver fatto fuori l'altro».

«Perché?».

«*Perché quello sarà commesso a venti miglia di distanza, più o meno alla stessa ora.* Bene, allora loro lasciano cadere l'altra accusa – devono farlo, lo vedi anche tu – e cercano di incriminarti per il mio omicidio. Mi segui? E ovviamente non arrivano nemmeno in prima base perché non possono produrre il corpo. Quindi tu sei libero e hai i tuoi cinquemila dollari messi al sicuro che loro non possono toccare».

Dissi: «E perché dovrebbero pensare che ho ucciso qualcuno in un posto lontano venti miglia?».

«Perché vedrò io di farglielo pensare. Farò in modo che pensino che è chiaro come il sole che sei stato tu. È per questo che ti intaschi i tuoi cinquemila. Primo, per metterli fuori strada. Secondo, per stabilire il fatto della mia morte».

Mandai giù la saliva.

«Ma non ti preoccupare», disse. «Potrei lasciare lì il tuo cappello – diamine, potrei lasciare la tua fotografia – e non potrebbero fare niente lo stesso. Niente, finché tu puoi provare che stavi uccidendo me e buttandomi giù dal pontile, e dar conto di quello che hai fatto dopo. Capisci adesso? La tua parte è semplice e a prova di errore. Sei al sicuro in ogni minuto del tuo tempo e non devi torcere neanche un capello a nessuno per avere i tuoi cinquemila».

«Intende dire che lei ucciderà qualcuno – a venti miglia di distanza – mentre io starei uccidendo lei?».

«Più o meno nello stesso momento, sì».

«E come farà?».

«Facile. Motoscafo – East River. L'ho cronometrato. Posso arrivare da quella spiaggia al posto dove voglio andare – in fondo a Wall Street – in venticinque minuti, mezz'ora al massimo. Il motivo è che via mare è più breve e più veloce che via terra».

«Ah».

«Adesso sai la ragione vera per cui voglio essere morto, per quanto ne sa la polizia. Come potrei mettermi ad ammazzare qualcuno se io stesso sono morto e mi trovo in fondo al Sound? È chiaro, essere morto mi libera anche da mia moglie, cosa che voglio, e mi permette di andarmene nei Mari del Sud, cosa che voglio, e mi permette di mettere le mani su una bella sommetta, cosa che voglio».

Ripresi fiato.

Dissi: «Chi... chi è quello che...».

Strinse gli occhi e si sporse in avanti fino ad arrivare con la faccia a un palmo dalla mia. Mi afferrò il braccio – forte.

«Questo non ti riguarda», disse. «Ma te lo dico perché sono d'accordo che tu debba conoscere tutti gli angoli, è meglio, e perché se tu andassi a ripeterlo non ti farebbe un briciolo di bene. Intanto, nessuno ti crederebbe». La stretta sul braccio si serrò. «E poi, se lo facessi, non avrebbero comunque niente contro di me. Non hai nessuna prova. E in terzo luogo non lo faresti perché se adesso non arrivi fino in fondo sai maledettamente bene che ti farei fuori – senza difficoltà come farò con lui!».

Fece una pausa per lasciarmi digerire la cosa, e poi disse veloce: «Bannister».

7

Venti minuti dopo ero nella mia stanza, tremando come un paralitico.

Dovevo battermela. Alla svelta. Se non lo facevo adesso sarebbe stato troppo tardi. Impossibile ritirarsi. Avrebbe accoppato anche me, proprio come aveva detto. Il morto sarei stato io. Lo sapevo.

Mi misi a ficcare in fretta e furia in una sacca tutto quello che avevo. Non avevo molto.

Erano circa le undici. Aria calda e immobile. Non avrebbero più avuto bisogno dell'auto fino a domani mattina. Ma a quel punto sarei stato ben lontano.

Un colpo di vento si alzò dal Sound. Entrò dalla finestra smuovendo le cose.

Guardai fuori e vidi l'acqua. Al largo le luci di una nave che si dirigeva verso il mare aperto.

Allora mi venne in mente quello che dovevo fare – imbarcarmi di nuovo – andarmene per mare!

Ero pronto. Non c'era niente che mi trattenesse. Pensai di andare da Bannister e raccontargli tutta la faccenda. Era stato buono con me. Ma non andai. Non volevo entrarci per niente.

Mi misi la sacca in spalla.

Sentii bussare alla porta. Il cuore mi fece un salto.

Grisby!

Ma non poteva essere – non poteva! Lo avevo visto salire sul treno, poco prima. Chi, allora? In un momento di panico pensai che forse era già la polizia.

«Chi è?», chiesi.

«Posso entrare?». Una voce strascicata – una voce che non conoscevo.

Era un giovane che non avevo mai visto. Aveva le spalle curve, le guance flosce, due occhi azzurri acquosi e capelli grigio fumo che non avevano molto a che fare con il resto di lui. Portava un paio di calzoni grigi a righine e una polo azzurra.

«Tu sei Larry Planter?», chiese.

Feci di sì con la testa. «Perché?».

«Mi chiamo Broome», disse. «Sono il nuovo giardiniere. Mi hanno detto che mi avresti sistemato tu. Ti secca se mi siedo?».

«Per niente. Hai trovato la tua stanza?».

«Oh, sì. Me l'ha fatta vedere la signora Bannister».

Si sedette sul letto e si mise ad arrotolarsi una sigaretta.

«È una tipa fantastica», disse.

Accese e si allungò all'indietro come se intendesse passarci la notte.

Io mi sedetti alla scrivania e me ne accesi una anch'io. Ero ancora agitatissimo, ma non sapevo come liberarmi di quel tizio.

«Bella questa camera. La mia è un po' piccola». La sua stanza era sullo stesso corridoio, dall'altra parte. C'erano solo le due stanze. «Ma sono contento del lavoro, altroché».

«Fai da molto il giardiniere?».

«Be', non proprio il giardiniere, no. Ho studiato architettura del paesaggio per anni. Ma sta' a sentire il mio consiglio – non entrare mai in quel campo. Gli affari vanno uno schifo. Tu non sembri un autista».

«Non lo sono, ma ho sempre trafficato con le macchine. Com'è che sembra un autista?».

«Voglio dire, sembri troppo in gamba. Non ti offendere».

«Oh, no. Ero solo curioso».

Guardò i libri e i fogli sulla scrivania.

«Tu scrivi?».

«Un po'».

«Ragazzi, io sì che potrei dartene di materiale. Sapessi in che situazioni strane mi sono trovato andando in giro. Soprattutto in questi posti di ricchi qui a Long Island. Prendi questo qui. Si vede chiaro come la verruca che ho sulla faccia» – e ce l'aveva davvero – «che per la moglie Bannister è un veleno. Scommetto che sarebbe disposta a fare qualche giochetto, ad averne anche mezza occasione».

In quel momento decisi che non mi piaceva. Era troppo pieno di sé. Lei non gli avrebbe rivolto nemmeno un'occhiata.

«L'hai capita male», dissi.

«Forse è solo che con le donne non ci sai fare. Sono mesi che la vedo in giro. Capitava spesso dagli Innes in fondo alla strada. Stavo facendo un lavoro lì che le piaceva e mi ha detto lei di venire qui una volta finito lì. È stato un bel colpo di fortuna, ma non mi dire che era interessata solo ai miei fiori. Ci hai mai provato?».

«Non è di quel tipo», dissi io.

«È solo che non ci sai fare». Buttò fuori il fumo. «Io me ne intendo. Sono tutte uguali. Naturalmente se sono già innamorate, no. Devi prima sapere se c'è qualcun altro in giro. Non dico un marito. Quello non conta».

Arricciò il naso e prese l'aria di chi la sa lunga.

«Tu la porti in giro», disse. «Magari c'è qualcuno in città...?».

«Nemmeno per sogno», dissi. «L'hai capita male».

Sporse le labbra e increspò la fronte.

«Sarà», disse. Ebbe un'improvvisa ispirazione. «Di' un po', che ne diresti di bere qualcosa? Vado a prenderlo. Torno subito».

Andò nell'altra stanza e tornò con la bottiglia. Era un whisky da due soldi, ma era proprio quello che mi ci voleva. Ne buttammo giù un paio alla svelta e poi riempì di nuovo i bicchieri e si sedette.

«Che mi dici di quel Grisby?», domandò.

«In che senso?».

«Bazzica parecchio da queste parti, no? Non penserai che viene qui solo per vedere Bannister?».

«Perché no? Sono soci».

«Sì, lo so».

«Ne sai tante, mi pare».

«Oh, sento quello che si dice. Non ti dimenticare che lavoro in zona ormai da un paio di anni».

«Che intendevi dire su Grisby?».

«Proprio niente. Voglio dire, so come vanno queste cose. Bannister e la sua gamba zoppa. Uno schianto di moglie. Il suo socio, Grisby... Diavolo, non lo so. Tu che cosa dici?».

Buttai giù il whisky. Cominciavo a sentirmi un po' su di giri.

«Niente», dissi. «Ma tu ti sbagli».

«Be', non si sa mai, come si dice».

Gettò il mozzicone della sigaretta nel camino e cominciò a prepararsene un'altra.

Mi alzai e mi stirai.

«Be', tu hai tutto pronto per la notte, se lei ti ha fatto vedere la stanza», dissi. «Qualunque cosa hai bisogno di sapere, chiedimela domani. Io vado a letto. Ho avuto una giornata pesante».

«Certo, certo». Si alzò. «Non ci vuole tanto a farmelo capire».

«Oh, non intendevo...».

«No, non me la sono presa. Che ne dici di un altro drink prima di saltare in branda – giusto per dire che siamo amici?».

Ne versò un altro liscio.

«Dai, facciamolo fuori», disse.

Finimmo la bottiglia. Fu una legnata.

«Be', a domani mattina», disse. Uscì camminando come se fosse un po' sbronzo.

Quanto a me, sapevo perfettamente che lo ero. Dovevo essere stupido a bere con quel caldo – e una porcheria di whisky come quello, poi. Mi sedetti e mi presi la testa tra le mani. Era un bel guazzabuglio quello in cui mi ero cacciato, proprio bello. Non riuscivo quasi a credere che fossi io. Continuai a ripassarmi tutta la faccenda.

Poi lo feci. Mi sedetti alla scrivania e cominciai a scrivere. Vuotai il sacco, come aveva detto Grisby.

Scrissi:

Ok, signor Bannister! Lei è stato una brava persona. E io adesso la ripago. Sono finito in questa cosa senza sapere che cosa sarebbe successo, per cui non se la prenda con me. Ecco come sta la storia – tutta quanta...

E gliela presentai. Tutta quanta. Così come me l'aveva servita Grisby, calda calda dalla griglia.

Era mezzanotte passata quando finii. Sentivo Broome

che russava nell'altra stanza. Bene. Lasciai il biglietto sulla scrivania dove l'indomani mattina lo avrebbero visto di sicuro e tirai fuori la sacca da sotto al letto.

Alla porta diedi un'ultima occhiata alla stanza, spensi la luce e uscii senza fare rumore. Era stato bello finché era durato.

Suonò il telefono.

Mi fermai sulla soglia con la borsa in mano e ascoltai. Se non avessi perso tempo a scrivere il biglietto sarei già stato via lontano. Non avrei sentito il telefono. Perché rispondere adesso?

Evidentemente Broome non l'aveva sentito. Tra uno squillo e l'altro mi arrivava ancora il suono del suo russare.

Il telefono tacque. Improvvisamente il silenzio fu tale che potevo sentire i grilli che cantavano lontano.

Mi avviai giù per la scala. In fondo, con la mano sulla maniglia, mi fermai. Appena fuori, si sentiva scricchiolare la ghiaia.

Stava arrivando qualcuno!

Rimasi immobile, sentendomi coprire di sudore.

Il rumore cessò davanti alla porta. La porta si aprì.

Alla luce della luna stava Elsa Bannister.

8

Aveva addosso qualcosa d'impalpabile che le aleggiava intorno come una nebbia. Sotto la luna sembrava anche lei sospesa nell'aria.

Uscii e misi giù la borsa, cercando per quanto mi era possibile di non guardarla.

«Ma, Laurence...», cominciò.

«Sì, signora?».

«Il telefono – non lo hai sentito?».

Grattai la ghiaia con il piede.

«Non starai... non starai pensando di andartene?», domandò, sorpresa.

Feci segno di sì con la testa.

«Ma, Laurence...». Non sapeva come prenderla. «Ma non puoi», disse. «Noi qui siamo contenti di te. Non è che hai avuto un'offerta migliore? È questo? Ma sono sicura che se parli con il signor Bannister...».

«Non è questo», dissi. «È solo che non sono tagliato per fare l'autista».

«Ma sei un bravissimo autista, davvero. Almeno, noi siamo soddisfatti, e questo è l'importante, no?».

«Per me no. Voglio dire, la vita è troppo calma. Forse lei non lo sa, ma prima di venire qui io facevo il marinaio. Sto tornando dov'è il mio posto».

«Credo di capire quello che intendi», disse lei lentamente. «Ma non sarebbe meglio pensarci un po' su?».

«Ci ho pensato», dissi.

«Ah...». Si fece più vicina. «Hai bevuto, vero? Andiamo, abbi un po' di buonsenso. Non riuscivo a dormire, fa troppo caldo. Pensavo che un giro in macchina potesse aiutare. Facciamo una corsa giù in spiaggia e domani mattina tutto ti sembrerà diverso, ne sono sicura».

«Be'...».

Portai fuori l'auto.

Mi sentivo l'alcol in corpo, ma riuscivo a guidare bene. Andammo lungo il Sound e guardammo la luna sull'acqua. Per tutto il tempo continuavo a sentire una musica dentro la testa. Era tutto bellissimo.

Eravamo in giro da un'oretta quando lei mi diede un colpetto sulla spalla.

«Adesso possiamo tornare».

Fu tutto quello che disse durante l'intero percorso.

Cambiai direzione. Sulla strada a quell'ora non c'era nessuno, e sembrava che non ci fosse nessuno al mondo. Avevo dimenticato Grisby. Avevo dimenticato tutto tranne che eravamo insieme, soli, e che era una sensazione meravigliosa.

Quando arrivammo alla strada laterale che portava alla spiaggia, lei disse: «Qua va bene – entra lì».

Portai l'auto sul ciglio di una scarpata che digradava verso la sabbia della spiaggia. Qualche fuoco stava ancora bruciando ma in giro non c'era nessuno. Era come se fossimo su un'isola deserta.

Scese e si stiracchiò tendendo le braccia sopra la testa, guardando le stelle.

«Una notte favolosa», disse – a se stessa, non a me.

Mi misi accanto a lei. Mi bruciavano le narici per il profumo dei suoi capelli. Portava un paio di sandali e sembrava più piccola, più come una bambina. Comunque, non avevo più paura di lei.

«Se la vuole adesso, quella rossa grande», dissi, «penso di potergliela prendere».

Lei sorrise, guardandomi con le labbra socchiuse e i denti bianchissimi. Nel suo sguardo c'era sorpresa. Pensai che ora fosse il suo turno di vedermi per la prima volta – vedermi davvero, dico.

«Hai una mente romantica, per essere un autista», disse.

«Gliel'ho detto, non sono un autista. Sono un marinaio, ho girato il mondo».

«Eri in Marina?».

«No. Ero sui mercantili».

«Oh».

Si avviò giù verso la spiaggia. In fondo c'era un piccolo avvallamento nella sabbia. Qui si fermò.

«Vuoi portare giù l'asciugamano, ti dispiace?», chiese.

Lo presi dall'auto e scesi e lo distesi sulla sabbia.

«Siediti», mi disse.

Mi lasciai cadere accanto a lei e guardai le onde che salivano sulla spiaggia. Mi stava troppo vicina perché potessi pensare ad altro che a lei, ma non volevo guardarla. Avevo paura di fare qualche stupidaggine.

Rimanemmo in silenzio. Dopo un po' si sdraiò con le mani dietro la testa e si mise a recitare una poesia. Mi fece sentire bollente e gelato.

«*Sprofondata nel giaciglio della notte una stella sirena,*
Immergendo la fredda terra in estatica dolcezza,
Canta follia a noialtri terrestri...».

La guardai lì distesa con le stelle negli occhi. Un sorriso quasi triste andava e veniva sulle sue labbra.

«È così che mi fa sentire questa notte», disse, e aggiunse: «Sei molto taciturno. Dimmi qualcosa».

Pensai, perché no? Questa è l'ultima notte. Se volevo cogliere il momento, come diceva Bannister, questa era l'occasione. Bannister aveva ragione, il momento poteva non tornare mai più. Con il whisky e tutto non mi rendevo conto di quanto fosse comico usare le sue cose con sua moglie.

Dissi: «Le dirò una cosa che potrebbe interessarle. Non lo farei, se non stessi per andarmene».

«Di che si tratta?», chiese. Sapeva benissimo quello che stava per arrivare. Gli occhi le si fecero più grandi, ma non cercò di fermarmi.

Mi buttai.

«Se tu non fossi sposata...», cominciai.

«Oh!».

«Questo cambia le cose, lo so, ma...».

«Le cambia enormemente», disse lei.

Sentivo molto l'alcol, sicuro, altrimenti non l'avrei mai detto.

«Ma ogni donna dovrebbe avere un marito e un amante, no?».

Non parve troppo sorpresa.

«Ma è impossibile, devi capirlo».

Feci finta di pensarci. Poi diedi tutto quello che avevo, tutte le cose che ricordavo di aver letto sui libri.

Dissi: «Non vedo perché. Una donna può sognare su un libro quando il marito è lontano, no? Non può immaginare che l'amante nel libro è il suo amante? Quando vanno al cinema le donne lo fanno. Io posso essere il tuo cinema! Ti porterò amore, romanticismo, avventura – tutto quello che trovi in un film! Diciamo che ora sei al cinema, o che stai leggendo un libro...».

Il buffo della cosa era che era proprio da lì che l'avevo presa – da un libro.

«Ma questo non è un libro», disse lei. «E non è un film».

«Certo», dissi, «lo so. E io sono solo un autista. Almeno, questo è quello che pensi tu».

«No, non posso dire che lo penso, completamente – non più. Ma certamente non sei il personaggio di un libro».

«Allora diciamo che è un sogno e lasciamo perdere il libro. È normale per una donna sognare, no?».

«Potrebbe essere giusto in un libro, come dici tu, ma non nella vita reale».

Stavamo discettando come due liceali, ma lo sapevamo

tutti e due, e sapevamo tutti e due che ormai era solo questione di minuti.

«Forse sarebbe sbagliato nella vita reale, sì», dissi, «ma questo non è reale. Questo è un sogno. Domani sarà come una cosa che non è mai accaduta. Non dimenticare, oltretutto a quel punto io sarò andato via – questo lo renderà ancora più simile a un sogno».

«Sì, lo so... ma non si deve».

Andai avanti tutta.

«Non sta nemmeno accadendo», dissi. «È un sogno. Non te l'ho detto?».

La baciai sulla bocca. Fu un bel bacio, un piccolo bacio, come quello che si dà a un bambino. Avevo paura, altrimenti, di spaventarla.

Quando mi fermai lei tenne gli occhi chiusi. La guardai sdraiata alla luce della luna. Passai un braccio sotto di lei e questa volta la baciai con forza. Fu scossa da un brivido; le sue labbra si aprirono. Durò a lungo e la sensazione era quella che si deve provare quando si annega – trascinato giù sott'acqua.

Improvvisamente mi mise una mano sul petto e mi spinse indietro. Si alzò a sedere, guardandosi intorno, gli occhi appannati. Mi sentivo come lei, come se mi fossi appena svegliato.

«Hai detto un sogno», sussurrò.

Era rossa per l'eccitazione, ancora come una bambina. Le scostai i capelli dalla fronte e vi passai le dita facendoglieli ricadere sulle spalle. Lei gettò all'indietro la testa, puntellandosi sulle due mani e lasciò che le onde dei suoi capelli andassero giù sulla sabbia. Guardò le stelle.

Mi distesi a guardarle anch'io. Il cielo sembrava pieno di fuochi d'artificio, che si aprivano inondandoci di scintille.

«È tardi», disse. «È molto tardi. Dobbiamo sbrigarci a tornare».

«Perché?».

«Perché dobbiamo. Ci saranno altre notti».

«No», dissi io.

«Certo che ce ne saranno».

«No. Io vado via».

«Ma adesso non puoi andartene». Mi guardò come nessuno mi aveva mai guardato. «È incredibile, ma...».

«Ma?».

Abbassò gli occhi. Si morse un angolo delle labbra.

«Ero infelice», disse. Alzò gli occhi. «Ora non sono infelice. Questa è una cosa incredibile».

I suoi occhi erano velati. Le sue guance erano umide.

Venne tra le mie braccia come se fosse sempre stata lì. Le baciai la gola, l'ombra disegnata dalla curva dei seni. Tremava. Mi tirai indietro e la guardai. Aveva gli occhi chiusi. Alzò le mani e mi prese la testa avvicinandola alla sua. La mia bocca toccò la sua.

Toccai la volta del cielo. Fu solo un bacio, ma mai nella vita ne avevo avuto uno così.

Precipitai con uno schianto come lo schianto delle onde nel mio orecchio, e con tutto il corpo che tremava e il respiro che arrivava a boccate convulse che mi bruciavano la gola. Sabbia, cielo. Suoni, tutto roteava intorno a me.

«Laurence!».

Saltò in piedi, stringendosi addosso il suo négligé, e corse incespicando e cadendo su verso la cima della scarpata.

Mi alzai su un ginocchio. Ero debole, tremavo.

Poi la vidi... sul ciglio. Un secondo prima la tenevo stretta tra le braccia, le passavo le mani infocate su tutto il corpo. Ora era lassù. Cominciai la salita, sulle mani e le ginocchia.

«Aspetta... hai dimenticato l'asciugamano».

Questo mi risvegliò un poco. Mi alzai e guardai torpidamente il telo per qualche secondo. Poi tornai indietro e lo raccolsi. C'era anche il suo fazzoletto, con quel profumo che portava addosso. Lo misi in tasca.

A casa mi baciò di nuovo, tremante, felice, più giovane che mai.

«Domani», sussurrò.

9

Ero ancora frastornato quando arrivai in camera, dopo aver messo via l'auto.

Mi lasciai cadere sul letto. Sentivo ancora le sue braccia strette attorno a me, le sue dita che passavano tra i miei capelli, il suo profumo che mi soffocava. Sentivo ancora lei che diceva, in un sussurro, "Domani".

Improvvisamente mi alzai a sedere, e lì, sulla scrivania, c'era la lettera che avevo scritto per avvertire Bannister – che mi fissava.

Non potevo rimanere, questo lo sapevo. Saltai in piedi e guardai l'orologio. Le tre e mezzo. In mattinata potevo essere molto lontano.

"Domani!".

No. Domani mattina sarei stato via. Presto. Prima che chiunque altro fosse sveglio. Poi sulla strada ci sarebbero state delle auto. Avrei potuto fare l'autostop fino alla città. Sarei andato direttamente alla Battery e mi sarei imbarcato. Per dovunque.

Non riuscivo a dormire. Continuavo a rigirarmi. La vedevo mille volte, in mille modi. Era lì nella stanza con me.

Ogni minuto. Sorridente. In lacrime. Che mi spingeva via. Che mi tirava a sé...

Non ce la facevo più. Mi alzai e mi vestii. Tirai fuori di nuovo la sacca... ci misi alcune cose che avevo dimenticato. Poi tornai indietro e mi gettai di nuovo sul letto. Ancora non riuscivo a dormire. Continuavo a rigirarmi.

Una luce rischiarò il cielo. Stava arrivando il giorno... finalmente, finalmente.

Mi alzai di scatto. *Questo era il giorno*. In quella prima luce incerta potevo vedere Grisby, ritto con la pistola fumante in mano. Potevo vedere Bannister... un buco nella testa... il sangue che gli scorreva sul viso...

OMICIDIO!

Agguantai la borsa. Uscii di lì come un proiettile.

In fondo alla scala mi fermai. Pensai a lei là fuori, alla luce della luna davanti alla porta... sospesa nell'aria... che diceva, sorpresa, "Ma, Laurence... non starai... non starai pensando di andartene". Come aveva fatto quando ero sceso prima.

Misi la mano sulla maniglia e mi appoggiai al muro. Il cuore mi batteva all'impazzata, come allora. Il sudore che mi copriva...

Improvvisamente sentii di nuovo il suo profumo. Forte. Come se fosse lì fuori – come se fosse di nuovo tra le mie braccia, il suo corpo che premeva, il respiro che saliva ansante, le labbra che tremavano, il profumo che mi soffocava.

"Ma adesso non puoi andartene...".

Era il fazzoletto. Lo tirai fuori. Era di pizzo, come il négligé che aveva addosso. Lo portai alla bocca, la mano che mi tremava, le tempie che pulsavano.

"Domani!".

Ma non potevo rimanere. Non potevo vedere Bannister ammazzato in quel modo, a sangue freddo.

E non potevo nemmeno andarmene. Pensai a come sarebbe stato – Bannister scomparso, Elsa sola, cinquemila dollari in tasca. E pensai a Elsa – Elsa che diceva, a mezza voce, "Sinceramente, non ti è mai venuto in mente che potresti stare meglio – molto meglio – da morto?".

Ficcai di nuovo il fazzoletto in tasca.

Non sarei stato io a farlo. Io non avrei ucciso nessuno. Se Bannister non riusciva a badare a se stesso, erano fatti suoi. Così andava il mondo. Tocca a te guardarti le spalle, continuamente, ogni minuto.

E poi, Grisby aveva minacciato di uccidermi se non facevo quello che diceva lui, no? E non era un bluff, faceva sul serio, lo sapevo. Mi sembrava ancora di sentirlo:

"*Se tu andassi a ripeterlo non ti farebbe un briciolo di bene. Intanto, nessuno ti crederebbe. E poi, se lo facessi, non avrebbero comunque niente contro di me. Non hai nessuna prova. E in terzo luogo non lo faresti perché se adesso non arrivi fino in fondo sai maledettamente bene che ti farei fuori – senza difficoltà come farò con lui!*".

Non riuscivo a vedermi ad arrivare in fondo a quella cosa, ma d'altra parte mi sembrava che tutto quello non stesse succedendo a me ma a qualcun altro. Era come camminare nel sonno – e avere l'incubo di trovarsi sull'orlo di un precipizio, con qualcuno pronto a buttarti di sotto.

Risalii i gradini fino alla stanza. Presi il biglietto che avevo scritto per avvertire Bannister e lo strappai. Misi i pezzi nel camino. Accesi un fiammifero e lo avvicinai alla carta.

Prese fuoco subito – una fiamma viva, calda.

Rabbrividii.

Mi gettai sul letto e questa volta mi addormentai. E l'ultima cosa a cui pensai fu Elsa – Elsa che ansimava.

"*Domani!*".

PARTE SECONDA

1

Si cominciava!...

Eravamo sulla strada che correva lungo la palude. Stavamo andando alla stazione a perdere il treno, e poi alla spiaggia per l'omicidio.

Faceva caldo.

Sentivo le mani fiacche sul volante. Ero tutto vuoto dentro. Avevo gli occhi appannati dal calore. Mi sentivo come se stessi davvero andando a uccidere qualcuno.

Era buio.

Le nuvole erano basse nel cielo.

Ogni tanto scoppiava un lampo. Arrivava a metà del cielo. Illuminava le nuvole. E allora le nuvole apparivano come pecore dirette al macello.

Ma non c'era pioggia. Non c'era nemmeno il fresco che fa abitualmente da preludio alla pioggia. L'aria era più appiccicosa, più afosa che mai.

Grisby si sporse in avanti e guardò l'orologio alla luce del cruscotto.

«Dieci e mezzo», disse. «Dobbiamo sbrigarci. Comunque il treno a quest'ora se ne sarà già andato».

Il treno era in ritardo. Sentimmo il suo fischio lamentoso sulla palude, e poi ne vedemmo le luci in mezzo alla foschia, dirette verso la stazione. Se continuavamo di quel passo saremmo arrivati lì proprio insieme al treno. Questo non andava bene, se qualcuno ci avesse visto. L'idea era proprio quella di perderlo.

Le mani mi tremavano. Gli occhi mi pesavano. Tenevo lo sguardo sul chiarore confuso delle luci del treno. Per un momento mi dimenticai di guardare la strada.

Improvvisamente vidi una luce rossa. Sembrava che arrivasse muovendosi dritta verso la mia faccia.

Grisby cacciò un grido. La sua voce sembrava lontanissima, più arrabbiata che spaventata.

«Ferma la macchina! Ferma la...».

Si gettò in avanti sul sedile e tirò il freno a mano.

Io ruotai lo sterzo. Pestai forte sul pedale del freno.

Troppo tardi.

Vi fu uno schianto assordante. Pezzi di vetro mi piovvero addosso. Fui scaraventato contro il volante. Annaspai.

L'auto si fermò.

Sentii il sapore del sangue sulle labbra, caldo e salato. Aprii lo sportello e scivolai fuori.

Ora vedevo che quello che avevo urtato era un camion. Un camion con il cassone coperto da un telone nero. Un ometto con un berretto in testa saltò già dal mezzo e venne di corsa verso di noi.

«Si è fatto male qualcuno?», chiese.

«Ma – non lo so...».

Guardammo nell'auto. Grisby stava scendendo dall'altro lato. Fece il giro da dietro. Quando si trovò davanti al piccoletto sembrava un gigante. Aveva del sangue sull'abito di lino bianco. Sorrideva, ma si reggeva il polso destro con la mano.

«Be', per un pelo, eh?», disse. «Non sei ferito, Laurence?».

«Non lo so. Il vetro...».

«Un vetro che parte ti può portare via la testa», disse l'ometto.

Ci spostammo sotto la luce dei fanali contorti per esaminare le ferite. Tutta la parte anteriore dell'auto era incastrata contro il retro del camion. Quella che avevo visto era la luce rossa posteriore del veicolo. Ora era spenta. A parte quello, il camion non sembrava aver subito danni.

Grisby si era tagliato il polso destro. Il taglio era profondo. Il sangue ne usciva a fiotti.

Mi sentii sul punto di svenire. Non ero ferito, solo qualche graffio. Ma la vista del sangue mi diede la nausea, sapendo quello che stavamo per fare.

L'ometto stava studiando il polso di Grisby.

«Forse si è tagliata la giugulare», disse. «O quella è nel collo?».

Grisby si mise a ridere. Avvolse il polso in un fazzoletto e gli fece un nodo stringendolo con i denti. Poi sorrise, per mostrare che stava bene.

«La macchina è a posto?», chiese l'ometto.

La districammo dal camion. Salii e avviai il motore. Andava.

Il radiatore era ammaccato ma non sembrava ci fossero perdite. L'ornamento sul radiatore mancava. Lo trovai tra la polvere della strada. Era Atlante che reggeva il mondo. Ora era solo Atlante, appiattito e sformato. Il mondo non lo trovai. Gettai via il resto.

Grisby aveva preso di mira il piccoletto.

«Lei come si chiama?», domandò. Sembrava il pubblico ministero che interroga un imputato.

Il conducente del camion spalancò la bocca.

«Non dirà che sono stato io?».

«Oh, no. La colpa è stata totalmente nostra. Vogliamo essere sicuri che venga risarcito per gli eventuali danni che possiamo aver arrecato al suo veicolo. Questo è tutto».

«Be', allora è diverso. Mi chiamo Steve Crunch. Mi costerebbe il posto se dovessero dare la colpa a me».

«Lo so bene», dissi io. «Un tempo guidavo anch'io uno di questi cassoni».

«Allora sai com'è. Uno può andarci delicato come un predicatore la prima notte di nozze, ma basta che succede una cosa che non è per niente colpa tua, e sei fritto».

Grisby rise. Diede un biglietto da visita all'ometto.

«Mi faccia sapere a quanto ammonta il danno», disse.

L'ometto prese il biglietto. Sul retro si annotò la targa dell'auto di Bannister.

2

Ora eravamo sulla strada che portava alla spiaggia di Bannister.

Grisby gongolava.

«Sta andando tutto alla perfezione», disse. «Quel camionista sarà un testimone di prim'ordine. Ma ora ci toccherà lavorare più in fretta che mai. Bannister mi sta aspettando già all'ufficio. Ho fatto in modo che rimanesse in città per la notte; il caso su cui stiamo lavorando va in dibattimento domani».

«Lo sa che lei è qui?».

«Oh, sì. Accidentalmente – di proposito, in realtà – ieri sera ho lasciato qui le carte più importanti del caso. La gamba gli fa male ed è irritabile più del solito e così è stato ben contento che venissi io a prendere la pratica lasciandolo a soffrire in solitudine. Be', dopo stanotte quella gamba non gli darà più fastidio».

Ci fermammo in cima alla scarpata che dava sulla spiaggia.

C'erano fuochi a destra e a sinistra. Quando un lampo illuminò il cielo vedemmo gente che si muoveva. C'era agitazione e fermento nell'aria.

Qualcuno cantava. Pensai a Elsa tra le mie braccia sulla spiaggia. Sentii il sangue salirmi alla testa. Di nuovo sentii il suo profumo. Il fazzoletto era ancora nella mia tasca. Vi misi la mano e tastai il pizzo, fresco sotto le dita.

Si avvicinò una coppia, camminando lentamente.

«Aspettiamo che siano passati», disse Grisby.

Di fronte all'auto la spiaggia era buia. Si fermarono a baciarsi. Poi proseguirono.

Grisby uscì e sciolse il fazzoletto dal polso. Lasciò sgocciolare il sangue sul sedile e sul pavimento.

«Che sta facendo?», gridai quasi. La mia voce aveva un suono strano, soffocato.

«Usa la testa. Non puoi sparare a uno e aspettarti che non esca sangue. Tira fuori la pistola».

Misi la mano nella tasca dello sportello. L'impugnatura della pistola era fredda. La tirai fuori.

«Non te l'avevo detto che era il delitto perfetto?», disse Grisby. «Non c'è un solo dettaglio che ho trascurato. Perfino questo sangue qui. Lo confronteranno con quello di un'analisi che ho fatto la settimana scorsa, in preparazione».

Cominciò a darmi le istruzioni dell'ultimo minuto.

«Ora, accertati che qualcuno ti veda tornare quando andrai via da qui. Accertati che ci siano testimoni, e che vedano che sei solo. Quando torni al garage mettiti subito a lavare le macchie di sangue. Stai cercando di eliminare le prove, capito? Ma fa' attenzione e non fare un lavoro troppo accurato, tanto che non si possano analizzare le macchie. Per salvarti il collo devi essere sicuro che credano che sono morto».

Si allungò verso l'interno dell'auto e mi sporcò di sangue i pantaloni.

«Prova a cancellare questo», disse.

Si mise a ridere mentre io mi tiravo indietro.

La canzone che arrivava dalla spiaggia dava al tutto un'aria ancora più sinistra.

Avevo il respiro irregolare. Cercai di riprendere il controllo. Non guardavo Grisby. Tenevo gli occhi fissi sulla spiaggia. Potevo vedere il punto esatto in cui era stato l'asciugamano la notte prima. Potevo sentire le mani di Elsa che passavano tra i miei capelli. Sentii un fremito sul cuoio capelluto.

Grisby tornò a legarsi il fazzoletto e mi gettò sulle ginocchia una mazzetta di banconote.

«Ora, per l'amor di Dio, guadagnati il pane», disse. «Fa' il tuo gioco come si deve. Fatti vedere morto di paura. Quando ti accuseranno di avere ucciso Bannister, mostrati stupito. Alla fine, cedi e dimostra che non puoi averlo ucciso raccontandogli di me. Resta aggrappato alla storia che mi hai ucciso, non possono fare niente. Non lasciarli pensare che invece pensi che possono».

Sfogliai le banconote. Non le contai... Per lo più biglietti da cinquanta e da cento, ma vidi anche qualche cinquecento. Più denaro di quanto avessi mai avuto in mano in tutta la vita!

Non mi sentivo contento, però.

Un po' di sangue era sui soldi, dai miei calzoni. Lasciai cadere il pacchetto sul sedile.

Il calcio della pistola cominciava a scottare. Riuscivo a malapena a tenerla in pugno. Le mani erano bagnate e scivolose di sudore.

Grisby allungò il braccio e mi prese la mano libera.

«Questo è un addio», disse. «Pensa a me laggiù nei Mari del Sud, felice per la prima volta in vita mia».

Ero così scosso che avevo la mano floscia. Improvvisamente la lasciò andare con un'espressione di disgusto. Sporse il mento. Divenne un altro Grisby, il killer. Si protese verso di me.

«Devi fare tutto come ti ho detto», gridò quasi, «altrimenti torno indietro e faccio fuori anche te. Ora fatti entrare in testa questa cosa, e fattela entrare bene. Non puoi fare il bambino per tutta la vita. Svegliati e ragiona. Devi essere duro per andare avanti in questo mondo. Intendi essere duro, o ti devo finire subito qui?».

«È solo che non mi sento bene», dissi.

«Sta bene, ma niente scherzi strani o ti ammazzo».

Raggiunse il ciglio della scarpata e guardò la spiaggia da una parte e dall'altra.

«Ci siamo», disse. «Appena senti che il rumore del motoscafo si allontana, spara».

Vidi il suo abito bianco che montava sul pontile. Era un buon bersaglio avrei potuto puntare la pistola in quel momento e ammazzarlo per davvero. Questo avrebbe salvato Bannister, ma io che fine avrei fatto? Avrei potuto gettare anche il corpo nel Sound, ma come potevo essere sicuro che non l'avrebbero trovato?

Mi drizzai a sedere di scatto. L'abito bianco stava tornando!

Scesi dall'auto in fretta, tenendo l'arma dritta davanti a me. Forse sapeva che stavo pensando di ucciderlo veramente!

Arrivò infuriato.

«Una piccola cosa come questa, e me la dimenticavo», disse. «Dammi il tuo berretto, sbrigati!».

Glielo diedi. Scomparve di nuovo.

Il motoscafo fece un baccano terribile, ma nessuno parve farci caso. Erano abituati a rumori di quel genere.

Ben presto il suono sfumò. Il canto tornò nitido.

Puntai la pistola verso la sabbia.

Premetti il grilletto. Il rumore dello sparo mi rimbombò così forte nelle orecchie che dopo continuai a sentirlo per dei giorni.

Il canto tacque. Vi fu silenzio per un secondo, mentre il fumo della pistola mi si avvolgeva intorno alla testa. Poi un lampo rischiarò di nuovo il cielo e qualcuno si mise a gridare.

Non sapevo se stare lì o scappare. L'istinto mi diceva di gettare la pistola nella sabbia.

Mi sentivo come se avessi davvero ucciso qualcuno con quello sparo. Quella sensazione di colpa mi gelava.

Poi mi riscossi. Corsi giù al pontile, poi tornai subito indietro. Dovevano vedermi che tornavo dal pontile perché così poi avrebbero pensato che avevo buttato il corpo in mare.

Il cuore mi martellava nel petto.

Il primo ad arrivare fu un grassone in accappatoio. Mi strappò la pistola di mano. Era eccitato.

«Tu, che stai facendo?», gridò.

Arrivarono altri di corsa, uomini e donne.

«Che cosa è successo?», chiedevano. «Che cos'era quello sparo?».

Di colpo mi sentii freddo e padrone di me. Mi misi a ridere e accennai alla pistola.

«Be', avevo solo voglia di sentire il rumore di uno sparo», dissi. «C'è qualcosa di male?».

«Cioè, lo hai fatto per cavarti uno sfizio», disse il grassone.

«Proprio», dissi io. «Proprio per uno sfizio».

Tornando indietro, mi sorprese quanto tutto fosse silenzioso. Persino il tuono sembrava attutito e lontano.

In giro non c'era nessuno, né sulla strada né alla stazione. Questo non era bene – l'idea era che dovessero vedermi tornare solo dalla spiaggia. Faceva parte del piano, per dimostrare che non potevo trovarmi giù in Wall Street.

Ma nessuno mi vide.

Era buio sulla strada lungo la palude. Una nebbia fredda si alzava e ricadeva alla luce dei lampioni. Guidai piano, guardando la strada tra la nebbia, con gli occhi che mi bruciavano.

Improvvisamente i fari dell'auto si spensero. Il buio coprì tutto, cancellando la strada.

Inchiodai i freni e scesi a dare un'occhiata. La strada qui faceva una brusca caduta verso la palude, un salto di tre metri. Era impossibile andare avanti nel buio.

Trovai la torcia e cercai qualcosa di rotto nell'impianto elettrico. Doveva essere successo al momento dell'incidente, ma per qualche motivo fino a quel momento aveva retto. Però non riuscii a trovare niente e alla fine dovetti rinunciare. Non potevo fare altro che aspettare che si facesse vedere la luna – e dopo un po' lo fece, appena per quel tanto che mi permise di raggiungere il garage.

3

Ora era tutto finito.

Ero di nuovo nella mia stanza sopra il garage.

La prima cosa da fare era nascondere il denaro.

Non volevo toccarlo. Era una cosa stupida, non avevo fatto niente. Però mi sentivo in colpa.

Forse era il sangue. Il sangue di Grisby. Era proprio come se lo avessi ucciso davvero e avessi preso i suoi soldi.

Cercai di non pensare a Grisby, o a Bannister.

L'orologio ticchettava. Rimasi sorpreso vedendo che erano solo le undici e mezzo. Pensai che se non fosse stato per i fari che si erano spenti sarei rientrato per le undici.

Cercai un punto adatto per nasconderci il denaro. Nessun posto sembrava sicuro; la polizia l'avrebbe certamente trovato. Ogni posto che mi veniva in mente mi pareva il primo dove avrebbero cercato.

Alla fine decisi per il materasso. Presi il coltello e feci un taglio verso il fondo, sufficientemente lungo per contenere il pacchetto. Ci entrò con facilità.

Un rumore mi fece sobbalzare. Mi girai di scatto verso la porta. Mi prese una crisi improvvisa di tremito.

La porta si stava aprendo.

Sulla soglia stava Broome, con una smorfia di nausea. Aveva la stessa maglietta azzurra e gli stessi calzoni grigi. Aveva i capelli arruffati.

Rimisi a posto il lenzuolo, poi lo scostai di nuovo come se mi stessi preparando per andare a letto. Il sangue mi galoppava. Pensai che dovevo avere scritto in faccia che ero colpevole.

«Sei a casa?», mi chiese. Domanda idiota.

Quello che risposi fu altrettanto idiota. Avevo dimenticato che non era troppo tardi. Pensavo che lo fosse; anche se avevo appena guardato l'orologio, l'impressione che fosse tardissimo era rimasta.

«Cosa ci fai ancora in giro a quest'ora?».

Entrò nella stanza. «Come diceva il professore al college, "I miei occhi sono sporgenti e rossi; ho in bocca un saporaccio da scarico di cucina; non sto bene"».

Feci per ridere, aveva un'aria buffissima a recitare quei versi. Ma le labbra non raccolsero la risata.

«Vuoi dire che hai bevuto?», chiesi.

«Già... un bicchierino anche per te?».

«No, grazie, sto andando a letto».

«Bene, buonanotte», disse. Strinse le palpebre e studiò i miei pantaloni, poi i graffi che avevo sul viso.

«Ma...».

«Ah, quello. Un piccolo incidente», gli dissi.

«Incidente?». Aveva difficoltà a formare la parola.

«Sì. In auto. Niente di grave».

«Be' – non è che hai un'aspirina, per caso?».

«No. Mi dispiace».

Andò via.

Tirai un sospiro e mi gettai sul letto. Dunque la cosa era così. Non sarebbe mai passata quella paura bruciante, quel peso allo stomaco?

Guardai l'ora. Pensai a Bannister steso a terra morto. Rabbrividii. Sì, ora doveva essere tutto finito. Presto la polizia...

Improvvisamente mi ricordai del sangue nella macchina, di quello che dovevo fare, e in fretta.

Corsi giù in garage e riempii d'acqua un secchio. Poi presi una spugna e mi misi a lavare le macchie. Feci attenzione a non fare un lavoro perfetto, solo quel tanto da far sembrare che avessi tentato di nascondere le prove.

Cercai di non pensare a Bannister che veniva ammazzato, ma il sangue m'impediva di pensare ad altro. Lo vidi che cadeva, la gamba offesa piegata sotto di lui, gli occhi che mentre cadeva guardavano sbalorditi Grisby e la pistola...

Sentii dei passi sulla ghiaia. Il rumore cessò. Aspettai, trattenendo il fiato. Silenzio... forse me l'ero immaginato...

Qualcosa mi fece voltare verso la finestra.

Mi si drizzarono i capelli.

Inquadrato nella finestra c'era il volto di Elsa Bannister.

Aveva la bocca spalancata per la sorpresa. Sembrava tutta bianca – spaventata.

Lasciai cadere la spugna e uscii da lei.

«Ero fuori a fare due passi», disse, «e ho visto la luce, e la tua ombra che si muoveva. Sono venuta a vedere se c'è qualcosa che non va».

«No, niente», dissi. «Un piccolo incidente. Ho tamponato un camion...».

«Sei ferito!». Guardò i tagli che avevo in viso, alla luce che veniva dalla finestra. Le sue mani si alzarono verso il mio volto.

«Non è niente. Solo qualche graffio».

Era tra le mie braccia, tremando, stringendosi forte a me. Le labbra fremettero sotto il mio bacio. Si ritrasse. Aveva in mente qualcosa.

«Laurence...».

«Sì?».

«La notte passata hai detto... hai detto che volevi tornare in mare».

Aspettai, sorpreso.

«Volevo solo dirti – se pensi ancora che devi andare...».

Mi sentii come se mi avessero assestato una mazzata. Se la notte prima non mi avesse fermato sarei andato via. Non avrei avuto quel terribile peso che mi schiacciava, quel senso di colpa e di terrore.

E inoltre, per la prima volta, mi resi conto che adesso era vedova. Vedova!

«Vuoi dire che *vuoi* che io vada?», chiesi.

«Voglio dire che voglio che tu sia felice».

Parlava con grande intensità. Lentamente, riflettendo su ogni parola.

«Vedi, io lo so com'è a sentirsi intrappolati – essere costretti a rimanere in un posto. Sono sposata da otto anni. Da otto anni sono... in galera».

Quando disse "in galera" feci un salto. Lo sapeva? Ma era impossibile!

Continuò: «Per cui lo so cosa provi al pensiero di tornare in mare. Perché non vai – adesso, *stanotte*?».

Non potevo crederci.

«Tu *vuoi* che io vada?», ripetei.

Si strinse tra i denti il labbro inferiore. Aveva gli occhi pieni di lacrime. Si passò il dorso della mano sul viso.

«No», disse.

La tenni tra le braccia. Il suo corpo si afflosciò. I suo capelli si sciolsero e ricaddero sulle mie mani in fresche onde. Ci baciammo. Il mio sangue cantava. "Adesso, adesso!".

La portai fino alla sua casa e oltre la soglia.

C'era la luce accesa in una delle stanze. Proiettava un tenue bagliore arancione su un divano nell'angolo.

Mentre la facevo sedere le sue braccia si tesero. Il bacio che mi diede mi fece barcollare.

Adesso, adesso!...

Un colpo di tosse dietro di noi.

Arretrai con un balzo.

Il cuore mi batteva.

Era di nuovo Broome. Venne alla luce, traballando un poco da una parte. Poi ci vide.

«Oh...», disse.

Fece per uscire.

La signora Bannister era in piedi. Sembrava perfettamente padrona di sé.

«Cosa c'è, Broome?».

Broome tornò alla luce. Spostava lo sguardo dall'uno all'altra, con un sorrisetto.

«Sei ubriaco... Temo che dovrò parlare di te al signor Bannister».

Broome scosse la testa. Spiegò: «Ho bussato e nessuno mi ha risposto. Ho pensavo che era fuori. Cercavo un'aspirina. Ho un mal di testa che mi sta ammazzando».

Doveva essere entrato nella casa mentre stavamo parlando davanti al garage. Strano che non lo avessimo sentito. Ma quella notte era strano tutto.

Lei esitò, guardandolo.

«Ah, ho capito. Ce n'è di sopra nell'armadietto dei medicinali. La cameriera... anzi, aspetta, te le vado a prendere io».

Uscì, accigliata, sistemandosi i capelli.

Broome mi strizzò l'occhio. Sporse le labbra in un fischio.

«Sei in gamba», disse.

«Che intendi dire?».

«Lo sai quello che intendo dire. Vai raccontando che non si fa toccare nemmeno da lontano – tutte quelle balle che mi hai appioppato ieri. Mi hai fregato, per un po'».

«Tu sei pazzo», dissi. «Ti immagini le cose. Non mi degnerebbe di un'occhiata più di quanto degnerebbe te. Perché...».

«Sta' a vedere che adesso mi racconti che due minuti fa non te la stavi baciando».

«Senti un po', tu...».

Avrei voluto spaccargli la faccia, mentre mi guardava

con quel ghigno. Ma sapevo che era sbronzo e non era responsabile di quello che diceva.

«Be', non è vero? Ho capito, tanto di cappello...».

Allora non ci aveva visti davvero. Saltava alle conclusioni solo per avermi trovato lì con lei. Meglio così. Se ci avesse visto, sentendo che Bannister era stato ucciso, avrebbe potuto pensare che lei e io avevamo progettato la cosa insieme.

«Sei pazzo», ripetei.

«E allora che stavate facendo qui?».

«Aveva visto che l'auto era ammaccata quando sono arrivato al garage. Voleva sapere dell'incidente. Gliel'ho detto».

Era deluso.

Quando la signora Bannister rientrò nella stanza, era tornato tutto rispettoso.

«Spero che ora ti senta meglio», disse lei.

La ringraziò e uscì.

Quando se ne fu andato ci guardammo. Ci sentivamo tutti e due defraudati.

«Pensi che ci abbia visto?», bisbigliò lei in tono teso.

«No, sono sicuro di no. L'ho capito da quello che ha detto. Non hai da preoccuparti».

«Non mi preoccupo di me, ma di te. Marco. Il signor Bannister è di una gelosia folle. Meglio che tu lo sappia. Potrebbe anche cercare di ucciderti se sapesse...».

La strinsi di nuovo tra le braccia. Improvvisamente pensavo che forse alla fine sarebbe andato tutto bene.

Ma nel suo bacio c'era paura.

«No, ti prego. Devi andare. Broome se ne accorgerà se resti troppo a lungo».

«È troppo ubriaco per accorgersi di qualcosa».

Lei scosse la testa, mordendosi il labbro.

«Ho paura che fingesse soltanto. Secondo me ci ha visto arrivare insieme e ha trovato quella scusa. Te l'ho detto che il signor Bannister è geloso. Penso che abbia assunto Broome proprio per controllare...».

«Broome l'ha assunto lui!».

«Ma, sì, certo».

«Ma Broome mi ha detto che sei stata tu. Ha detto che l'hai visto a casa degli Innes e gli hai chiesto di venire qui finito il lavoro da loro. Ha detto che a te piaceva il lavoro che stava facendo lì».

Aprì la bocca per lo stupore.

«Vuoi dire che non è vero?».

Si afferrò al mio braccio. Ora sembrava veramente spaventata.

«No. Non è vera neanche una parola. Ti ha fatto domande su di me? Ha cercato di tirarti fuori qualcosa, di farsi tuo amico?».

«Mi ha chiesto se t'incontravi con qualcuno in città quando ti accompagnavo in macchina, o se qualcuno veniva qui a trovarti. Gli ho detto che con te aveva sbagliato tutto. Non sa niente di noi, tira a indovinare. Sospetta di tutti, persino di Grisby».

«Allora questa è la dimostrazione». La presa sul braccio si strinse. «È un giardiniere quanto lo sono io, o tu. È un investigatore!».

4

Attraverso il muro potevo sentire Broome che russava.

Io non riuscivo a dormire.

Perché non arrivavano?

L'orologio continuava a ticchettare. Erano le due passate; non erano ancora arrivati.

A parte il ronfare da ubriaco di Broome, c'era un gran silenzio. Non un suono veniva dalla casa. Ma in camera di Elsa c'era la luce accesa. Ogni tanto un'ombra passava davanti alla finestra. La sentivo vicina, e ne ero contento.

La luce si spense. Adesso ero solo.

Camminavo avanti e indietro, avanti e indietro. Nemmeno il canto di un grillo. Sentivo una stretta alla gola, come se tutto mi gravasse addosso.

All'improvviso ebbi la certezza che non ce l'avrei fatta ad arrivare fino in fondo. Grisby era stato un pazzo a pensare che sarei stato capace. Chi mi diceva che non era tutto un suo trucco per appioppanni l'omicidio di Bannister e proteggere se stesso?

Cinquemila dollari non erano tanti per avere qualcuno da mandare sulla sedia al posto tuo.

Ecco! Grisby non aveva mai pensato di andarsene. Mi aveva pagato i cinquemila per non dover fuggire! Ed eccomi qui che mi avviavo dritto alla sedia elettrica per lui, esattamente come aveva previsto.

Che importanza aveva la minaccia di tornare a farmi fuori se non avessi eseguito il piano? Quando lui l'avesse saputo io sarei stato già in mare.

Mi diressi alla porta, spegnendo la luce.

La luce dei fari che svoltavano nel vialetto di accesso entrò dalla finestra. Per un momento rimasi abbagliato.

Stridio di freni. Lo scatto dei cavalletti di moto messi in posizione. Sportelli di auto sbattuti. Il rumore di diversi uomini che calpestavano la ghiaia.

La notte fu d'un tratto viva di voci.

«Occupatevi della casa. Noi proviamo in garage».

Sentii la porta del garage che si apriva e degli uomini muoversi di sotto.

«McCracken!», disse uno. «Guardi qui!».

«Trovato qualcosa?».

«Guardi l'auto – è tutta ammaccata. Deve aver sbattuto durante la fuga».

«Che cosa c'è lì, sul sedile?».

«Sangue!».

«Ce l'abbiamo, è fatta».

Vi fu un momento di silenzio stupito, e poi: «Forse se l'è filata».

La risata roca di qualcuno.

«E perché avrebbe riportato la macchina? No, è qui, sicuramente è qui».

«Forza – andiamo a prenderlo!».

Sgusciai fuori della stanza e percorsi il corridoio buio verso il retro. Lì c'era una finestra. Era aperta.

Il letto di Broome cigolò. Aveva sentito le voci. Sapeva che la polizia era sulle mie tracce.

La sua luce si accese. Mi vide alla finestra. Si slanciò in avanti.

Qualcuno stava salendo le scale.

Tirai un pugno, cogliendo Broome in piena faccia. Lui barcollò all'indietro e poi si abbatté sul pavimento.

Scavalcai la finestra. Per un secondo rimasi aggrappato al davanzale. Poi mi lasciai cadere.

C'erano dei cespugli. Ci entrai e ne uscii, correndo piegato in due, ansimando, incespicando, cadendo.

Un grido dietro di me.

«Presto – prendetelo! È saltato dalla finestra!».

Continuai a correre. Raggiunsi la siepe che bordava il viale. La rasentai fino alla strada.

Le motociclette si misero in modo. Mi avrebbero bloccato!

Attraversai la strada e mi tuffai nel bosco dall'altra parte. Era così buio che non vedevo niente. Avanzavo a tentoni. Avevo i polmoni che mi scoppiavano. I rami mi graffiavano. Inciampai in un tronco. Caddi. Rimasi a terra ansimando.

D'un tratto la luna si affacciò in mezzo agli alberi. Ora potevo vedere. Andai avanti. Le voci degli uomini che battevano il bosco mi seguivano.

Il bosco si aprì. Sotto i piedi il fondo diventava molle, zuppo d'acqua.

Mi fermai e tesi l'orecchio.

Le motociclette rombavano su e giù per la strada. Le sirene urlavano. Voci sparpagliate si levavano nel bosco. Fasci di luce tagliavano il buio. Si stavano avvicinando.

Vidi che dove ero uscito dal bosco era il margine della palude. Qui la vegetazione mi arrivava alla vita. Bassa sulla palude, una grande luna rotonda era spuntata dalle nuvole a oriente. Dava un bagliore spettrale alla nebbia. A occidente, il cielo era ancora segnato dai fulmini. Un rombo veniva da occidente.

Corsi tenendomi basso attraverso la vegetazione. Presto arrivai all'acqua. Vi sguazzai dentro fino al ginocchio. Arrivai a un tratto più asciutto.

Improvvisamente mi si pararono di fronte i ruderi di un vecchio edificio. Tutta la parte anteriore non c'era più. I lati frastagliati e il fondo si perdevano nei mulinelli della nebbia.

Mi arrampicai sulle assi cadute ed entrai.

Dentro era tutto buio. Mi mossi verso il fondo, verso i raggi della luna che entravano da una finestra per posarsi su una scala. Dai gradini luccicavano degli occhietti scintillanti.

Le voci sembravano vicinissime. La polizia era entrata nella palude!

Avanzai fino alle scale. Al primo scricchiolio, un'orda di ratti mi passò tra i piedi. Vi fu un fuggi fuggi improvviso, poi in silenzio mi osservarono mentre salivo.

Un gradino si spezzò. Saltai via.

Ora ero in cima alla scala. Una parte del pavimento era ancora lì. C'era un angolo buio dove la copertura del tetto era rimasta in piedi. Strisciai a quattro zampe. Un'asse cedette sotto il mio peso piombando sul piano sottostante. Raggiunsi l'angolo. Rimasi immobile, ansante e tremante.

Presto cominciarono ad arrivare i ratti. Si disposero in cerchio tutt'intorno a me. La luna si rifletteva sul loro pelo lucido. Le code erano spesse e lunghe. Sembravano grossi e grassi come gatti. Stavano seduti e aspettavano.

Presi un pezzo di legno e lo gettai. Si dispersero. Dopo un minuto erano di nuovo lì. Stavano seduti e aspettavano.

Mi montò dentro un odio feroce per i ratti. Avevano una tale aria di superiorità. Avrei voluto ammazzarli tutti.

Come se mi avessero letto nel pensiero, si voltarono e scapparono allontanandosi.

Ora respiravo più regolarmente. Mi alzai e guardai oltre l'orlo delle rovine.

Adesso potevo vedere perché i ratti erano fuggiti. Stavano arrivando degli uomini. Si avvicinavano circondando la vecchia costruzione da tre lati. Le torce elettriche laceravano la nebbia.

Mi stesi a terra e non mi mossi.

Arrivavano fino a me le voci degli uomini che si radunavano di sotto.

«Proviamo per le scale», disse qualcuno.

Un altro: «Occhio! Potrebbe essere armato!».

I ratti erano immobili.

I gradini scricchiolavano. Ora i ratti si dispersero in tutte le direzioni. Galopparono sotto i piedi degli uomini che salivano le scale.

«Potrebbe essere salito lassù. C'è un buco dove le scale hanno ceduto».

«Be', comunque è in una di queste costruzioni».

Una voce rimbombò. «Cristo, un ratto! Giusto sotto i miei piedi. Devo averlo pestato. Era grosso come una casa».

Gli uomini uscirono.

Lentamente le voci sfumarono in lontananza.

Alzai lo sguardo. Gli occhietti scintillanti mi fissavano di nuovo. Lanciai un altro pezzo di legno. I ratti si erano stufati di quel gioco. Si scansarono a stento.

Ero spossato per lo choc e il terrore e lo sfinimento fisico. Volevo solo dormire. Era impossibile. Ricordai di aver letto di un uomo che si era addormentato con la mano che penzolava dal letto. Quando si era svegliato mezza mano era stata mangiata via. E non aveva sentito niente.

C'era anche un'altra ragione per cui non potevo addormentarmi. Ora che la polizia mi stava cercando, l'intera faccenda aveva assunto una realtà che prima non aveva. Per la prima volta sentivo tutto l'orrore di quello che avevo fatto. Una sorta di delirio s'impadronì di me, un delirio in cui compariva Bannister...

Improvvisamente lo vidi.

Veniva verso di me!

Aveva in mano un bastone tutto bitorzoluto. Camminava con la sua solita andatura comica. La foschia si rigirava intorno a lui avvolgendolo. Veniva dritto verso la costruzione, il clump-clump dei suoi piedi che risuonava sul terreno indurito.

I ratti non si muovevano. Non lo sentivano. Allora non era reale. Ma io potevo sentirlo e potevo vederlo che veniva in mezzo alla nebbia. Potevo vederlo chiaramente. Potevo vederlo arrivare al margine dell'edificio e fermarsi appoggiato al bastone. Potevo vederlo che guardava – che guardava su verso di me!

Mi raggomitolai.

C'era un ratto nell'angolo con me. Squittì quando mi schiacciai contro di lui.

Non ce la facevo più; saltai su. Scesi le scale a balzi, scavalcai con un salto la parte rotta, corsi verso la parte anteriore della costruzione.

Bannister mi vide arrivare. Alzò il bastone per colpirmi.

Mi fermai morto di paura, il cuore che mi martellava.

Tutto l'orrore e il terrore che avevo conosciuto non erano niente rispetto a questo momento.

Rimanemmo fermi a guardarci, lui con il bastone ancora alzato, io ansimante, semiparalizzato.

Lentamente arretrai da lui, tornai tra le rovine. Una volta nel buio sfrecciai attraverso una finestra sul retro e mi tuffai tra la vegetazione nella palude. Nessuno mi seguì. Ma mi sembrava che da tutti i lati ci fossero fantasmi, che si afferravano a me, che mi trattenevano. Forme spettrali incombevano più avanti.

Cercai di muovermi più in fretta. Affondavo fino alle ginocchia nel fango e nella melma. I ratti correvano e squittivano sotto di me.

Raggiunsi il bosco. Mi gettai a capofitto verso la strada. Volevo sentire di nuovo le voci, sentire gente vicino a me.

Un faro spazzava la strada. Giungevano voci dalla casa e dal garage.

Entrai nella luce del fanale. Risalii lungo il sentiero di luce fino alle macchine.

Un poliziotto uscì dalla porta del garage. Mi guardò a bocca aperta.

Andai dritto da lui. Crollai quasi ai suoi piedi.

«Sono io quello che stanno cercando», dissi. Riuscivo a parlare a stento. «Voglio – voglio consegnarmi!».

5

Mi avevano messo nel mezzo della stanza – della mia stanza, sopra il garage. Mi parlavano tutti contemporaneamente, aspettando che tornassero gli altri. Si piegavano sopra di me e gridavano.

«Perché lo hai ucciso?».

«Avanti – sputa fuori!».

«Meglio se parli, ragazzo – ti risparmierai un sacco di rogne».

Stavano facendo a pezzi la stanza. Il materasso era mezzo fuori del letto. I libri erano tutti sparpagliati in giro. Avevano tirato fuori la sacca. Tutto il suo contenuto era stato riversato sul pavimento.

Un omone in borghese entrò nella stanza – il sergente McCracken.

«Allora ti sei costituito», disse. «È stata la cosa più intelligente, sicuro».

Un poliziotto tirò fuori un berretto dall'interno della giacca e me lo mise sulla testa. Mi calò la visiera sugli occhi, con forza.

«È tuo?». Domandò.

Tolsi il cappello dalla testa e lo guardai.

«Sì», dissi. «Perché?».

«Perché!», sbraitò lui.

Mi sbatté giù sulla sedia. Era un uomo alto e magro con il naso lungo. Dance, si chiamava. Si mise con il naso a un palmo dalla mia faccia.

«E va bene!», tuonò. «Questo berretto è stato trovato accanto al cadavere. Adesso parli, o te lo devo cacciare in gola?».

Deglutii.

«Perché avrei dovuto uccidere qualcuno?», chiesi.

«Questo è quello che adesso ci racconti».

McCracken tolse la mazzetta di banconote dalla tasca. Le macchie di sangue apparivano più grandi che mai.

«Ecco perché», disse. «Abbiamo trovato questa roba ficcata nel materasso. Cinquemila dollari! Dovresti parlarci anche di questo. A me basta guardarti per capire che non sei un killer. Che cosa è successo?».

Ero così stanco e ammaccato che ero pronto a dire qualsiasi cosa se solo mi avessero lasciato in pace. Adesso vedevo chiaramente che dovevo dirgli di Grisby. Era la mia unica possibilità.

Dissi: «Prima voglio sapere dove avete trovato questo berretto».

«Certo, come no? Come se non lo sapessi. In fondo a Wall Street, esattamente dove l'hai lasciato».

Feci una faccia sorpresa.

«Ma non posso averlo lasciato lì!».

«Col cavolo non puoi. Ce l'hai lasciato».

L'uomo alto mi diede una sberla sulla guancia. Mi mise un'altra volta il naso davanti alla faccia.

«Allora, parli o no?».

«Statemi a sentire!», dissi. «Io stanotte non ero a Wall Street. Ero giù alla spiaggia».

«Sicuro», disse lui. «Stavi facendo un bel bagno tutto solo. Noi lo sappiamo. Ma il giudice ci crederà? È questo che ci preoccupa».

«Perché sei scappato se non sei stato tu?», chiese McCracken. Era il più gentile di tutti. Decisi di non badare agli altri e di parlare solo con lui.

«Il signor Grisby è arrivato verso le dieci», gli dissi. «L'ho portato alla stazione, quando qui ha preso quello che era venuto a prendere. Non abbiamo fatto in tempo per il treno. Faceva caldo. Lui ha suggerito di andare già alla spiaggia mentre aspettavamo il successivo. Lungo la strada abbiamo avuto un incidente. Abbiamo tamponato un camion. Il nome del conducente è Steve Crunch».

«Stai annotando tutto?», chiese McCracken a un agente.

Vidi che il poliziotto aveva un taccuino e stava annotando tutto.

Proseguii. «Giù alla spiaggia dove avevo parcheggiato l'auto ci è sembrato di sentire un rumore. Grisby ha detto che magari era un rapinatore. Ho preso la pistola dalla tasca dello sportello dell'auto, e in quel momento è partito un colpo. Non avevo intenzione di sparare. Il proiettile ha colpito Grisby e ho visto che era morto. Mi ha preso il panico. Anche se era un incidente, poteva sembrare un assassinio. Allora ho portato il corpo giù e l'ho buttato nel Sound. Non poteva essere più morto di così, e in questo modo ho pensato che sarei stato al sicuro».

«Avevi il berretto?».

«Oh, sì. Non so come l'ho perso, ero fuori di me. C'era

gente sulla spiaggia, e hanno sentito lo sparo. Sono venuti di corsa. Quando sono arrivati ero solo, naturalmente. Hanno pensato che era tutto a posto. E così sono tornato qui».

«A che ora sei arrivato?».

Non mi avrebbe creduto se gli avessi detto dei fari dell'auto che si erano spenti e mi avevano tenuto bloccato per mezz'ora. Nessuno mi aveva visto arrivare.

«Erano le undici», dissi. «Lo so perché ho guardato l'orologio».

«E poi hai cercato di ripulire l'auto dal sangue».

«Naturalmente. Era stato un incidente e non volevo finire nei guai. Anche se mi avessero lasciato libero potevo perdere il posto. Era il solo lavoro che ero riuscito a trovare in un anno».

«Eri senza soldi quando hai trovato il lavoro?».

«Nemmeno un centesimo».

«E da quanto tempo sei qui?».

«Un paio di mesi».

«Ti piaceva, qui?».

«Sì, ci stavo bene».

«La signora Bannister dice che la notte scorsa avevi preparato tutto per andartene, che volevi tornare in mare».

Doveva averlo detto per difendermi, per mostrare che non potevo avere nessuna premeditazione. Ora sembrava che avrebbe funzionato come un boomerang.

«Sì, stavo pensando di andarmene».

«Immagino che non fossi soddisfatto di quello che guadagnavi qui».

«Che cosa intende dire?».

McCracken toccò con un dito i cinquemila dollari.

«Pensa che li abbia presi a Grisby?», chiesi.

«Lo chiediamo a te».

Quello alto mi diede una spinta dietro la testa.

«Adesso ci dirà che se li è guadagnati cantando all'opera», disse.

«Li ho trovati», dissi.

«Certo, li hai trovati. Li hai trovati proprio in fondo a Wall Street, da dove vengono tutti i soldi. Devono essere caduti di tasca a J. P. Morgan. Non se ne sarà nemmeno accorto, la miseria di cinquemila».

«E va bene», dissi. «Li ho presi a Grisby. Non volevo che qualcuno lo identificasse se mai fosse rispuntato dal mare, e ho preso tutto quello che aveva in tasca. Ho bruciato il resto ma quelli no. Perché non avrei dovuto? A lui comunque non servivano più».

Mi fecero un sacco di altre domande. Ero confuso, ma ricordavo chiaramente che la cosa principale che dovevo fare era dimostrare che non potevo essere andato ad ammazzare qualcuno se ero stato io a uccidere Grisby e a gettarne il corpo nel Sound. Raccontai che la signora Bannister aveva chiesto dell'auto e dell'incidente quando ero tornato a casa. E ripetei l'ora – circa le undici. Sapevo che dovevo attenermi a quello, qualsiasi cosa fosse successa.

«Puoi dimostrarlo?», domandò McCracken.

Riflettei in tutta fretta. Ricordai che Broome era ubriaco; non avrebbe saputo dire se erano le undici o le undici e mezzo.

«Sicuro», dissi. «Chiedetelo a Broome, lui ve lo dirà».

Dance si mise a ridere.

«Questa è buona», disse. «Per due centesimi, potrei...».

«Lasciamo perdere questo per il momento», disse McCracken. Mi porse il taccuino. «Firma quello che hai dichiarato qui e riprenderemo con il resto quando ti porteremo giù in sede».

Stavo interpretando la parte a dovere. Era proprio come aveva detto Grisby, qualsiasi cosa per tenermi fuori dall'omicidio di Bannister.

Ma la mano mi tremava mentre mettevo la firma.

«Bene», disse McCracken.

Prese la confessione, il berretto e il denaro e li mise in tasca.

«E ora supponiamo che tu ci dica com'è andata che hai ucciso Broome», disse.

6

«Broome!».

Ricordavo di averlo colpito quando aveva cercato di impedirmi di uscire dalla finestra. Ma non potevo averlo ucciso con quel pugno – non potevo! Non avrei potuto nemmeno metterlo ko se non fosse stato sbronzo.

McCracken strinse gli occhi.

«Non vorrai farci credere che non lo sapevi?».

«Mi sta dicendo che è davvero morto – Broome?».

«Oh, sì, è proprio morto».

«Ma come... non può essere morto!».

«Ascolta. Con Grisby non ci hai dato problemi. Perché ti metti a puntare i piedi con questo? Probabilmente hai scoperto che era un detective. Forse ti ha chiesto spiegazioni sulle macchie di sangue nell'auto o sui vestiti. In ogni caso, sapevi che non saresti stato al sicuro finché non avessi tolto lui di mezzo. Forse tutto quello che ci hai detto di Grisby e dell'incidente è vero. Ma, incidente o no, ammetti di aver cercato di nascondere la cosa gettando il cadavere in mare. A che cosa sarebbe servito tutto questo se Broome l'avesse scoperto?».

«Non sarebbe servito a niente, ma se lo avesse scoperto, gli avrei detto la verità. Non l'ho fatto anche con voi?».

«Quindi intendi confermare la confessione su Grisby ma respingi l'accusa su Broome?».

«Io non ho ucciso Broome!», dissi. «Perché dovrei dirvi che l'ho fatto?».

Dance mi arrivò vicino e strinse la mano in un pugno nodoso. Guardò McCracken.

«Devo usare la mia macchina della verità?».

Mi agitò il pugno davanti alla faccia.

«No. Parlerà».

«Come è stato ucciso?», domandai.

«Strangolato».

Allora non poteva essere stato il pugno che gli avevo dato io. Ma chi lo aveva strozzato, e perché? La testa mi girava come una trottola.

«Dove lo avete trovato?», chiesi.

McCracken indicò con la testa la stanza di Broome.

«Là dentro», disse. «Steso a terra. Tutto vestito ma prima era a letto».

«Be', non sono stato io».

«Qualche idea su chi potrebbe essere stato?».

«No. Era vivo quando sono uscito dalla finestra, perché l'ho visto. Quindi dev'essere successo dopo che siete arrivati qui».

«Vuoi dire che ti ha visto uscire dalla finestra e non ha cercato di fermarti?».

«Ci ha provato. È stato quando stavate salendo le scale. Mi è saltato addosso e io l'ho colpito. Lo ammetto. Ma non avrei avuto il tempo di strangolarlo nemmeno se avessi voluto».

«A meno che tu non lo abbia fatto prima che arrivassimo».

«Ma non l'ho fatto!».

McCracken aveva un'aria triste.

«Be' ti conviene farti venire in mente alla svelta chi può essere stato, perché tutto indica te. Lo sapevi che era un investigatore?».

«Ecco...».

«Lo sapevi o no?».

«Lo immaginavo. Non lo sapevo per certo».

«Ma non hai voluto correre rischi».

«Gliel'ho detto, non sono stato io».

McCracken si voltò di scatto e si diresse verso la porta.

«Vieni con me», disse.

Lo seguii nella stanza accanto. Osservò ogni mio movimento, ogni mia espressione, per tutto il tempo che rimanemmo lì. Mi sentivo colpevole come se avessi davvero ucciso Broome e stessi cercando di coprire la cosa. Sapevo che lui percepiva quel senso di colpevolezza, e che anche gli altri nella stanza lo percepivano.

Broome era disteso sul dorso con una mano alla gola. Aveva la faccia nera e la lingua, gonfia, che sporgeva dalle labbra bluastre. Non c'erano segni di lotta.

McCracken non disse nulla. Gli altri non dissero nulla. Tutti guardavano me.

«È sicuro che sia stato strangolato?».

«Guarda i segni sul collo. E guarda com'è ritorta la cravatta – è così che è stato strozzato!».

Guardai. Mi inumidii le labbra. Sentivo la lingua gonfia. Sembrava che le mani che erano state intorno alla sua gola fossero intorno anche alla mia.

«Ancora non vuoi parlare?».

Deglutii.

«Non capisco», dissi.

«Intendi dire che non capisci, se non sei stato tu, chi altro potrebbe essere stato, giusto?».

«Sì».

«Questo è il punto. Se non sei stato tu, chi altro potrebbe essere stato? Ti conviene parlare, ragazzo – per il tuo bene. Ma non sei obbligato».

Tornammo nella mia stanza. Mi lasciai cadere su una sedia.

«Prepara le tue cose», disse McCracken. «Starai via parecchio».

Entrò Elsa. Indossava un accappatoio sul négligé – l'accappatoio bianco di Bannister con il cappuccio. Venne da me e mi posò una mano sulla spalla.

«Laurence...», disse.

Mi venne da piangere quando la guardai. I suoi occhi erano pieni di lacrime.

«Signora?».

«Laurence, davvero hai fatto tu questa cosa?».

Non sapevo se parlasse di Bannister, di Grisby o di Broome.

Chinai la testa. Avrei voluto essere solo con lei e raccontarle di come c'ero rimasto incastrato contro la mia volontà, di come sarei fuggito se lei non mi avesse fermato in quel modo. Ma lì non potevo parlarle. Non dissi nulla.

«Ma come hai potuto?», chiese. «Oh, sono sicura che non può essere stato lui», disse a McCracken.

Lui scosse la testa.

«Non si può mai dire dall'aspetto di qualcuno che cosa farà. Una domanda però vorrei fargliela, signora Bannister. Lui dice che era qui alle undici e che lei gli ha chiesto dell'auto incidentata. Lei può confermare l'ora?».

Trattenni il fiato e aspettai, sudando.

«Sì. So che è tornato prima delle undici».

Lasciai andare il fiato.

«Come può esserne sicura?», le domandò McCracken.

«Broome è venuto a chiedere un'aspirina. Quando sono andata a prendergliela mi è capitato di guardare l'ora. Erano passate da pochi minuti le undici e lui era rientrato da una decina di minuti».

La guardai. Da come parlava sembrava che fosse davvero convinta che ero tornato prima delle undici. Sembrava anche che pensasse che Broome era ancora vivo.

«E a che ora è andato via Grisby?», continuò McCracken.

Rifletté per qualche momento prima di rispondere. Era bellissima.

«No, questo non lo so. Ero in città a fare spese e mi ero fermata a vedere uno spettacolo. Quando sono tornata lui era andato già via».

«A che ora?».

«Verso le dieci e mezzo, per cui deve essersene andato prima di quell'ora. Deve averlo fatto entrare la cameriera...».

«Sì, ci abbiamo parlato. Ha detto che è arrivato alle dieci».

«Ma allora... deve averglielo detto che io non c'ero quando è venuto!».

«Sì, infatti. Ma ha detto che è andata a dormire appena lui è uscito. Dobbiamo verificare ogni particolare – mi scusi. E ora, penso che se vuole andare a riposare...».

Uscì rivolgendomi uno sguardo da sopra la spalla. Sapevo che avrebbe voluto rimanere ad aiutarmi ancora un poco, ma non poteva lasciar trapelare che tra noi c'era qualcosa.

Raccolsi la sacca e mi preparai a uscire.

E a quel punto il cuore ebbe uno scossone.

Qualcuno stava salendo le scale.

Il sangue mi si gelò. Ero paralizzato. Non potevo muovermi né togliere gli occhi dalla porta. E all'improvviso era lì...

BANNISTER!

Entrò zoppicando nella stanza. Rimasi a bocca spalancata. Mi costrinsi ad abbassare gli occhi sui suoi piedi. Le scarpe erano coperte di fango. Il bastone era sporco di melma.

Allora era nella palude! Era lui, illuminato dalla luna che guardava verso di me! Era lui, quello che aveva alzato il bastone per colpire!

Sentii la sua voce.

«Allora ti hanno trovato!», disse.

Il bastone mi toccò il braccio. Feci un balzo all'indietro allontanandomi da lui. La mano mi corse alla bocca per arrestare l'urlo che mi saliva alle labbra.

NON ERA MORTO. QUALCOSA ERA ANDATO STORTO.

Sentivo la testa che scoppiava. La verità mi franava addosso tutta intera.

ERA GRISBY QUELLO CHE ERA MORTO.

ERA GRISBY QUELLO CHE GIACEVA NEL SUO SANGUE IN WALL STREET.

E IO AVEVO APPENA CONFESSATO DI AVERLO UCCISO!

PARTE TERZA

1

Di tempo per cercare di capire che cosa poteva essere successo ce n'era in quantità – proprio in quantità.

Mi portarono giù al vecchio tribunale penale in Mott Street per la contestazione, così si dice, dell'atto di accusa. Fui trattenuto senza possibilità di cauzione "in attesa dell'azione del Grand Jury". Poi mi portarono alle Tombe. È qui che si trova il Ponte dei Sospiri di Manhattan. Il ponte passa sopra l'edificio del tribunale penale, dove ti processano. "Colpevole" o "Non colpevole" – è qui che ti arriva la notizia.

Siccome avevo firmato la confessione – e non era stata la cosa più furba del mondo; di questo dovevo ringraziare Grisby – non potevano fare altro che trattenermi per il processo.

Mentre si aspetta si possono fare solitari, leggere un libro o vedere che cosa dicono di te i giornali.

I giornali dicevano tutti che la confessione che avevo reso non stava in piedi. Come potevo uccidere Grisby sulla spiaggia di Bannister, a Long Island, e far trovare il cadavere in fondo a Wall Street? Poteva anche essere stato un incidente quello che lo aveva ucciso, ma se lo avevo gettato nel Sound, come dicevo nella confessione, com'era possibile che si fosse trovato in Wall Street *con gli abiti asciutti*?

Non che non credessero che l'avevo ucciso – lui e anche Broome. Era solo che non riuscivano a darsi una spiegazione. Avevano trovato i testimoni che mi avevano visto sulla spiaggia, e che avevano sentito lo sparo. Tutti dicevano che quando mi avevano visto ero solo. E così si fecero l'idea che ero andato alla spiaggia *dopo* aver ucciso Grisby in Wall Street, e poi avevo cercato di far sembrare che lo avessi ucciso sulla spiaggia, accidentalmente, come avevo detto.

E però Steve Crunch, il camionista, aveva raccontato che lo avevo tamponato con l'auto di Bannister – aveva il numero di targa e tutto, persino il biglietto da visita di Grisby – e giurava e stragiurava che quello che era con me era Grisby. Lo descrisse. Parlò del taglio sul polso. E infatti, quando andarono a guardare, il taglio c'era, proprio come aveva detto Crunch.

Bene, quindi! Visto che era passato troppo poco tempo da allora allo sparo sulla spiaggia, quando erano arrivati di corsa e mi avevano trovato solo, come avrei potuto liberarmi del cadavere se non buttandolo nel Sound? Mi avevano visto anche arrivare dal pontile – tutto collimava con la mia confessione.

E il denaro che avevano trovato nella mia stanza era risultato provenire dalla banca di Grisby – lo aveva prelevato proprio quel giorno – e io lo avevo visto mentre lo prendeva! Quella era stata un'altra idea geniale di Grisby, che andassi con lui – giusto per essere sicuro che avrei avuto i soldi a lavoro fatto. Sì! Proprio per essere sicuri che la polizia credesse che lo avevo ucciso – adesso lo vedevo bene!

Ma la cosa più importante era che, se la signora Bannister aveva ragione sull'ora in cui mi aveva visto in garage, non potevo aver portato Grisby – o il suo cadavere – giù in fondo a Wall Street.

Ecco dunque il mistero che lasciava perplessi i giornali – non chi aveva ucciso Grisby (avevano persino trovato il mio berretto stretto nella sua mano) ma come ero riuscito a farlo.

Uno penserebbe che gli fosse entrata in testa, finalmente, l'idea che era stato qualcun altro a ucciderlo. Macché. Non riuscivano a capire come avessi fatto ad ammazzarlo, forse, ma ogni indizio indicava me (proprio come doveva, secondo il piano del "delitto perfetto" di Grisby). E poi, perché mai avrei dovuto confessare, se *non* l'avevo ucciso? Non è che la polizia mi avesse fatto il terzo grado. McCracken lo sapeva, anche se nessun altro lo sapeva. Avevo confessato di mia spontanea volontà.

Certo, *non* avevo confessato di aver ucciso Broome. Ma era lampante che Broome era stato fatto fuori per impedirgli di parlare – i due omicidi erano legati strettamente. E io avevo confessato di aver ucciso Grisby, no?

Bene, i giornali avevano una spiegazione anche per questo. Una giuria poteva accettare l'idea che avessi ucciso Grisby accidentalmente, come avevo detto. Ma non avrebbe mai potuto credere che Broome era stato strangolato accidentalmente. Ecco perché, ovviamente, quello non l'avevo confessato.

Non che a qualcuno importasse niente, neppure al Procuratore Distrettuale. Con tutte le prove contro di me, soprattutto il fatto che avevo visto Grisby prelevare il denaro dalla banca, erano sicuri di poter liquidare con una risata la mia eventuale affermazione in aula che si era trattato di un "incidente".

Ma sapevano anche che dovevano trovare una qualche spiegazione ragionevole su come avevo potuto uccidere Grisby sulla spiaggia di Bannister, buttare il corpo nel Sound, e poi farlo trovare asciutto in Wall Street!

McCracken venne nella mia cella il secondo giorno per avere la risposta a questo interrogativo.

«Effettivamente è stata una cosa piuttosto astuta», disse.

«Devo riconoscerlo. Ma come hai fatto? Questo è quello che mi piacerebbe sapere».

«Non l'ho fatto», dissi. «Come avrei potuto?».

«Insisti ancora a dire che hai scaricato il cadavere nel Sound?».

«Sì». Avevo in mente di ritrattare l'intera confessione, ma dovevo prima avere le idee un po' più chiare. Se avessi detto quello che era accaduto davvero, si sarebbero messi a sghignazzare. E poi, non ero ancora sicuro se dovevo raccontare che Grisby aveva progettato di uccidere Bannister, perché questo poteva tirarmi dentro, anche se riuscivo a scansare la prima accusa.

«Bene, allora», disse McCracken, «se insisti ancora a dire che hai buttato il cadavere nel Sound, come spieghi che i vestiti di Grisby erano asciutti quando lo abbiamo trovato a Wall Street?».

«Non lo so spiegare».

«Non sarà arrivato lì galleggiando».

«No, direi di no».

Mi offrì una sigaretta. Restammo seduti a fumare. Per tutto il tempo continuò a guardarmi.

«Sei uno tosto, non c'è che dire», disse. «Ma su questo... su questo mistero, come lo chiamano i giornali. Come ha fatto Grisby ad arrivare laggiù, dopo che gli avevi sparato sulla spiaggia? È stato visto con te, pochissimo tempo prima. Il camionista – Crunch, si chiama, ce ne hai parlato tu stesso – ti ha visto con Grisby».

«Certo che sì. Ve l'ho detto».

«Bene, allora, come ha fatto Grisby ad arrivare a Wall Street? Era passata appena un'ora da che Crunch ti ha visto con lui quando abbiamo trovato Grisby *morto giù in Wall Street*. Come avresti potuto fare a portarlo lì?».

«Non lo so».

«Bene, allora, te lo dico io. Lo hai portato lì con una barca – un motoscafo!».

«No! Innanzitutto non ne avrei avuto il tempo. Sono andato direttamente al garage dalla spiaggia. Lo chieda alla signora Bannister. Avrei potuto farcela ad arrivare laggiù e ritorno, anche con un motoscafo, prima delle undici?».

«No, non avresti potuto – a meno che tu non abbia convinto la signora Bannister a mentire sull'ora in cui sei tornato a casa».

Eccoci!

«Non l'ho fatto!», dissi. «Lei non aveva nessun motivo per mentire per me, comunque – perché avrebbe dovuto?».

«Sta bene, allora. Se non lo hai portato tu laggiù, chi è stato? Non poteva arrivarci da solo!».

«Perché no?». La voce mi tremava.

«Perché no?», disse lui. «Perché non aveva modo di arrivarci. Non ha preso il treno; abbiamo controllato. Non ha usato l'auto, o l'avremmo trovata. E non ha preso il motoscafo, perché come avrebbe potuto riportarlo?».

«Riportarlo? Riportarlo dove?».

«Be', alla spiaggia di Bannister, dove tu l'hai scaricato!».

«Alla spiaggia di Bannister!».

«Certo. Perché no?».

«Ma... Perché, *non può* essere!».

Cominciai a tremare tutto. C'era qualcosa che non andava. La barca *non poteva* essere tornata da sola – a meno che a guidarla non ci fosse il fantasma di Grisby!».

«Stai dicendo che non c'era quando tu eri con lui?», chiese.

I brividi mi correvano su e giù per la spina dorsale.

«Oh, c'era, sì che c'era...».

«Bene, allora, che cosa poteva impedirti di portarlo fin lì con il motoscafo e poi tornartene con lo stesso mezzo?».

«Gliel'ho detto, non ci sarebbe stato il tempo!».

«Sta bene, allora – o avevi qualcuno che lavorava con te o è andato da solo e la barca è tornata indietro andando alla deriva».

Cambiai argomento.

«Che cosa ci sarebbe andato a fare a Wall Street?».

«La gente che viene sparata a volte fa strane cose. O forse ha pensato che la ferita non era grave, o almeno non grave come invece era, e che poteva far venire un dottore in ufficio e farsela medicare. Se ricordi bene, doveva andare lì. Quel posto andava bene come qualsiasi altro per farsi curare, ed è facile da raggiungere in barca. L'ufficio è a mezzo isolato dal fiume. Si direbbe che è sbarcato e si è avviato verso l'ufficio, ma non ce l'ha fatta».

«Forse era già stato all'ufficio e *stava tornando* verso il motoscafo quando è morto».

Scosse la testa.

«Il custode notturno l'avrebbe visto. A quell'ora controlla tutti quelli che entrano ed escono».

«Magari è entrato e uscito dalla porta posteriore. Il custode l'avrebbe visto lo stesso?».

«No, ma la porta posteriore era chiusa dall'interno – non poteva entrare di lì. E poi, la posizione del cadavere mostra che stava dirigendosi verso l'edificio, non che ne stava venendo via. No, se vuoi cercare di tirartene fuori ti toccherà trovare un'idea migliore. Quello che stai cercando di fare è dimostrare che potrebbe averlo ucciso qualcun altro, giusto?».

«Quello che voglio dire è che il mio colpo potrebbe averlo solo stordito, e che ora starebbe bene se qualcun altro non gli avesse sparato laggiù».

«No, questo te lo puoi scordare. Il colpo era uno solo – e sparato a distanza ravvicinata».

«Chi ha trovato il corpo? Bannister?».

«No. Lo ha trovato il poliziotto in servizio. Lo ha riconosciuto e ha avvertito il custode notturno del palazzo dello studio di Grisby. Il custode ha chiamato Bannister e sono usciti per verificare che fosse proprio Grisby. Lo era, altroché... e con il tuo berretto in mano».

«Be', ma se Grisby è arrivato lì per conto suo, questo mi esclude, no?».

«Perché? È stato sempre il tuo colpo a ucciderlo. L'unico punto che hai dalla tua – forse – è che gli hai sparato accidentalmente. Sto solo cercando di immaginare come potrebbe essere andata tutta la faccenda».

In quel momento entrò un uomo. Era basso, con una faccia rossa e irregolare e due occhi neri luccicanti.

«Oh, salve, Meade», disse McCracken. «È arrivato il rapporto sul proiettile di Grisby?».

«Già. E il proiettile che ha ucciso Grisby non corrisponde alla pistola che aveva il ragazzo».

«Non corrisponde! Vuoi dire la pistola che è stata trovata nell'auto?».

«Esatto». Si voltò a guardarmi. «Ora, di' un po' – cosa ne hai fatto della pistola che hai usato, l'hai buttata nel Sound?».

«No», dissi io. «Quella era l'unica pistola che avevo».

«Sicuro», confermò McCracken. «Aveva sopra le sue impronte – e una pallottola era stata appena sparata! Che ne dici?».

«Non me lo chiedere», disse Meade. «Ti ho detto quello che so».

2

Era un gran pasticcio, senza dubbio. Solo che quello più nei pasticci ero io.

Ho detto che di tempo per cercare di capire ne avevo in abbondanza. Era proprio così. Ma questo era l'unico aspetto positivo della faccenda.

Per come la capivo, Bannister aveva scoperto il piano per ucciderlo. Sospettava che qualcosa del genere dovesse succedere, altrimenti perché mettere Broome lì a spiare? Bene, ficcanasando in giro, probabilmente Broome aveva trovato il biglietto che avevo scritto a Bannister. Ricordate? Il biglietto in cui raccontavo del delitto perfetto di Grisby, e che più tardi avevo distrutto. Lo aveva riferito a Bannister, ovviamente. E Bannister, sapendo che tutti i sospetti sarebbero caduti su di me, aveva lasciato che Grisby andasse avanti con il suo piano – fino all'omicidio. Poi aveva ribaltato la situazione. Aveva fatto prima lui a beccare Grisby.

Così era come l'avevo ricostruita io. Era l'unico modo in cui *potevo* ricostruirla.

C'era solo una cosa che non quadrava. Bannister aspettava Grisby nei loro uffici. Il custode notturno, che controllava tutti quelli che entravano e uscivano dall'edificio, sosteneva (secondo i giornali) che Bannister non era uscito. Allora come avrebbe potuto uccidere Grisby? Gli aveva sparato da una finestra? Sarebbe stato un tiro con i fiocchi – a mezzo isolato di distanza e con l'illuminazione che poteva esserci.

Comunque, non era questo che era successo. Non poteva essere. McCracken diceva che Grisby era stato colpito a bruciapelo. E il proiettile gli era entrato nel corpo proprio come avrebbe fatto se gli avessi sparato io e lui fosse stato seduto accanto a me nell'auto.

E Broome?

Chiaro che se Broome aveva visto la lettera che avevo scritto io e aveva parlato a Bannister del piano, e se Bannister aveva poi ucciso Grisby, naturalmente avrebbe voluto essere sicuro che Broome non parlasse. Perché Broome sarebbe stato l'unico, a quel punto, a conoscere il suo motivo per uccidere Grisby – a parte me, cioè. Con Broome tolto di mezzo, la polizia non avrebbe mai conosciuto il motivo... a meno che non glielo dicessi io.

Bene, perché non potevo dirglielo?

Bannister doveva essersi figurato tutto questo, proprio come me lo stavo figurando io adesso. Doveva sapere che non avrei avuto il coraggio di dire la verità. Sarebbe stato troppo pericoloso per me. Avrei dovuto riconoscere la mia parte nel piano per uccidere Bannister. E che aiuto sarebbe stato per me dimostrare che non avevo ucciso Grisby ammettendo che stavo cercando di aiutarlo a uccidere Bannister? Se ero disposto a farlo per denaro, che cosa mi avrebbe impedito di uccidere Grisby per denaro – immaginando che in questo modo avrei potuto averne di più? E avrebbero detto che questo era proprio quello che era successo, e avrebbero tirato fuori i cinquemila per provarlo. Non ci avrebbero creduto se avessi detto che Grisby aveva minacciato di uccidermi se non fossi arrivato fino in fondo.

Non solo questo, ma quanto valeva la mia parola contro quella di Bannister? Io ero solo un autista – e forse nutrivo rancore verso Bannister, per giunta. Stavo per lasciare il lavoro, no? E poi, mi stavo battendo per salvare la pelle. Naturale che cercassi di appioppare l'omicidio a qualcun altro.

Il terzo giorno che ero in cella venne la guardia a dirmi che c'era qualcuno che voleva vedermi. Mi accompagnò in una stanza con dei tavoli con un divisorio di vetro.

«Cinque minuti», disse.

Mi sedetti e guardai Elsa Bannister dall'altra parte. Indossava un abito nero scollato, un cappellino nero e una veletta che le scendeva fino alla punta del naso.

«Sarei venuta prima», ansimò. «Non ho potuto».

Appariva pallida e angustiata, ma era sempre bellissima.

Per qualche momento non facemmo che guardarci negli occhi.

Mi sentivo debole, e al tempo stesso così forte che avrei potuto fare a pezzi la cortina che ci divideva per raggiungerla, se me l'avesse chiesto.

Le sue labbra formarono quel sorriso triste e dolce che mi facevano sempre venir voglia di baciarle – con forza.

«Sono contento che sei venuta», dissi. La guardia era lì vicino.

«Dovevo vederti», sussurrò lei. «Lo stesso non sarei dovuta venire. Ma non potevo non farlo».

«Vuoi dire che Bannister sa di noi?».

«No; e non deve. Sarebbe un disastro».

Lanciai un'occhiata alla guardia. Non era molto interessata. Si mordicchiava la punta dei baffi color topo.

«Che cosa intendi fare?», domandò.

«Be', niente».

«Ma la confessione...».

«Ah, quella. Se sarà necessario, ritratterò. Non ci hai creduto, vero?».

«Ho pensato che se eri stato tu, doveva essere stato un incidente, proprio come hai detto tu».

«Be', non è stato un incidente. E non sono stato io».

«Lo so», disse lei. «Ma sono contenta di sentirtelo dire».

«Tu chi pensi che sia stato?».

«Ho paura di pensarci».

«Bannister?».

Trattenne il fiato e scoccò uno sguardo all'agente.

«Forse non avrei dovuto dirlo», mormorai, «ma non riesco a vedere chi altro potrebbe averlo fatto. E tu?».

«Non lo so. Ho paura, Laurence – so solo che non dobbiamo permettere che ti condannino. Dovrai avere un avvocato».

«Non ho soldi per un avvocato».

«Lo so. Ma non ti serviranno, Laurence...».

«Sì?».

«Non sarei dovuta venire». Si sporse in avanti e bisbigliò intensamente. «Se mio marito lo sapesse si rifiuterebbe di aiutarti».

«Aiutarmi!».

«Sì. Ha deciso».

«Ma se è lui che secondo me...».

«Lo so. Ma, Laurence, qualunque cosa tu dica – qualunque cosa dica chiunque – lui è uno dei migliori penalisti della contea di New York. Non ha mai perso una causa importante – mai!».

Scossi la testa.

«Lo stato ha dei difensori d'ufficio», dissi. «Me ne assegneranno uno. Se davvero avessi ucciso qualcuno, la cosa potrebbe essere differente».

Si protese verso di me, aggrottando la fronte.

«Laurence, devi ascoltarmi. Non possiamo correre rischi. Sono tutti convinti che tu sei colpevole – hai perfino firmato una confessione. Hai bisogno del miglior avvocato difensore che puoi ottenere. E se è stato Marco? Se è lui responsabile dell'omicidio del signor Grisby? In questo caso lui *saprebbe* che non sei colpevole! Sarebbe una ragione in più per volerti salvare, no?».

Ci pensai sopra, ma c'era qualcosa che non suonava giusto. Se sapeva che ero stato coinvolto in questa cosa contro di lui, con Grisby, perché avrebbe voluto aiutarmi a tirarmene fuori? Non lo avrebbe voluto. Avrebbe voluto vedermi andare dritto sulla sedia. Anche se aveva ucciso lui Grisby. Avrebbe voluto che tutti e due ci togliessimo di mezzo.

«Dopotutto», continuò, «hai lavorato per lui. Sarebbe naturale che ti aiutasse, se non altro per le apparenze».

«Pensa che sono stato io?».

«Non lo so. Dice che secondo lui non sei il tipo che fa una cosa del genere. Si vanta di essere capace di leggere il carattere delle persone. In ogni caso, vuole davvero assumere il caso...».

«Scommetto che gliel'hai messa tu questa idea in testa».

«Oh, no – davvero. È stata un'idea sua, tutta sua. Io sono convinta, questo sì, che per te è una concreta via d'uscita. Sono venuta proprio per convincerti ad accettare. Pensavo che magari potessi credere che era stato lui, e avresti rifiutato».

«Questo è esattamente quello che penso».

«Ma devi lasciare che ti aiuti, non capisci? Ti prego, Laurence – per il mio bene – non vuoi?».

«Be'», dissi. «Saprò meglio che cosa dire dopo aver parlato con lui».

Ci guardammo con tanta intensità che lo schermo tra noi sembrò vibrare. Poi i suoi occhi si offuscarono e si riempirono di lacrime. Portò il fazzoletto sotto la veletta. Il profumo mi fece girare la testa.

«Non posso perderti adesso», disse.

Mi bruciavano gli occhi. Mi parve che svanisse in una macchia confusa.

«Sarò presto fuori, non preoccuparti», dissi. E quella fu la prima volta che pensai che forse non sarebbe stato così.

«Io mi preoccupo. Laurence, devi accettare il suo aiuto. Potrebbe essere la tua unica possibilità. Me lo prometti?».

«Va bene», dissi.

«Benissimo!». Rimise il fazzoletto nella borsa. «Adesso devo scappare – non posso farmi trovare qui da lui. Lo sai quanto è geloso. Ma tornerò».

Venne la guardia e mi batté sulla spalla.

«Cinque minuti», disse.

Elsa si alzò.

«Presto», dissi.

«Sì».

La guardai mentre usciva, a testa bassa. Il suo abito nero accompagnava morbidamente il suo passo.

La porta si chiuse con uno tonfo.

3

La dama dell'alta società che aveva sparato al marito (cinque colpi) che stava razziando il frigorifero per uno spuntino notturno fu processata mentre io ero in carcere.

Vidi la sua foto sul giornale. Era una bellezza, senza dubbio. Non la si poteva immaginare capace di ammazzare il marito di proposito.

Lo stato però aveva imbastito una solida teoria contro di lei. Avevano testimoni che sostenevano che i due non erano mai andati d'accordo. Intanto, a lei piaceva andare in giro in tutti i posti più brillanti. Lui aveva quasi il doppio della sua età, faceva l'agente di borsa e gli piaceva stare in casa. Proprio la sera che lui era stato ucciso avevano litigato. Non solo questo, ma lui aveva fatto un'assicurazione di novantamila dollari sulla vita di cui era beneficiaria la moglie.

La giuria impiegò venti minuti per decidere cosa fare con lei.

«Non colpevole», dissero.

La foto la mostrava sorridente dopo il verdetto, accanto al suo avvocato, un gran mazzo di fiori tra le braccia.

I fiori erano rose.

L'avvocato era Mark Bannister.

L'avvocato era molto diverso dall'uomo. Quando venne da me aveva un'aria molto soddisfatta di sé, azzimato e affabile in calzoni a righe grigie e giacca nera, un garofano bianco all'occhiello.

«Mi spiace di non essere potuto venire prima», disse con vivacità. «Naturalmente voglio fare per te tutto quello che posso».

Io dissi: «Speravo che venisse a trovarmi».

«Saprai senz'altro che il Grand Jury ti ha già incriminato per l'uccisione di Lee Grisby. Non avevano alternative, visto che hai firmato la confessione. Ma ora immagino che mi dirai tutto».

«Non c'è molto da dire».

«Se solo avessi parlato con me prima di mettere quella firma...».

«Ho solo riferito quello che è successo», dissi. «Dopo mi hanno chiesto di firmare».

Scosse la testa.

«Non è quello che è successo», disse. «È evidente».

«No?».

«No! Se devo aiutarti – e non ti sfuggirà la singolare posizione in cui questo mi fa trovare, difendere in aula un uomo accusato di avere ucciso il mio socio – dovrai dirmi tutto».

«Ma...».

«Lo Stato cercherà di provare che hai ucciso Grisby intenzionalmente, che l'intera faccenda era premeditata fino ai tuoi preparativi di lasciare il paese, e che non c'è stato niente di accidentale. Il movente che cercheranno di dimostrare, ovviamente, sarà la rapina. Cercheranno di provarlo con i cinquemila dollari in tuo possesso – denaro che, è accertato, è stato prelevato da Grisby in tua presenza».

Decisi di sondarlo.

«Lei pensa che l'ho ucciso per il denaro?», domandai.

«Questo è il fatto – non lo penso. E non posso, se devo difenderti. Perché se non mi convinco che l'hai ucciso *accidentalmente*, come dici nella confessione, dovrò ritirarmi prima ancora di cominciare. Molti miei colleghi avrebbero ragione, in caso contrario, di pensare che in questo caso dovrei piuttosto trovarmi dalla parte dell'accusa. Magari non te ne rendi conto, ma qui è implicata una fine questione di etica».

«Be'», dissi io, «è *stato* un incidente».

«Gli hai sparato come hai detto?».

«Sì. Eravamo parcheggiati sul rialzo sopra la spiaggia, cercando un po' di fresco. Poi ci è sembrato di sentire un rumore e Grisby ha detto che forse era qualcuno che voleva rapinarci. Aveva paura per via dei cinquemila dollari che aveva con sé».

«Che cosa doveva farne, con quel denaro, per caso te l'ha detto?».

«No, non ha detto niente».

«Perché eri andato in banca con lui quando ha prelevato i soldi?».

«Me l'ha chiesto lui».

«Ma perché?».

«Non lo so. Lui me l'ha chiesto e io l'ho fatto».

Scosse di nuovo la testa per mostrare che non ci credeva. Ma non si fermò a discutere.

«Va bene», disse, «va' avanti con il racconto».

«Be', quando abbiamo sentito il rumore, Grisby ha detto di prendere la pistola dalla portiera, nel caso servisse. Io ho messo la mano nella tasca laterale ma l'avevo appena tirata fuori che è partito un colpo».

«Nella confessione hai detto che stavi scendendo dall'auto e che sei scivolato o qualcosa del genere, facendo partire il colpo».

Cercai di ricordare quello che avevo detto in proposito ma non mi venne in mente.

«È successo tutto all'improvviso», dissi. «Ho preso la pistola, ho aperto lo sportello e ho fatto per uscire, tutto contemporaneamente. Non so come sia successo che ha sparato, ma quando ho visto che era morto ho preso paura e l'ho trascinato fuori dalla macchina, nei cespugli là vicino. Poi è venuta gente a vedere cos'era quello sparo».

«Loro dicono che venivi dal pontile quando sono arrivati sulla scena».

«Sì, è esatto. Ero andato là a lavarmi le mani».

Schioccò la lingua.

«Non ne avresti avuto il tempo. Il primo è arrivato lì

pochi secondi dopo che era stato sparato il colpo. La sua dichiarazione è confermata dalle deposizioni degli altri che lo hanno seguito. Il procuratore ti coglierà in fallo su quasi tutto quello che hai detto fin qui. Ma va' avanti, voglio sentire interamente la tua versione».

«Be', praticamente questo è tutto. Dopo che quelli se ne sono andati sono tornato da Grisby e ho preso il denaro. Tanto a lui non sarebbe servito più...».

«E poi hai gettato il corpo nel Sound?».

Pensai in fretta.

«Non so come mi è venuto di dirlo nella confessione, so solo che mi stavano addosso piuttosto pesantemente. Si vede che ero scosso. Quello che è successo veramente è che l'ho lasciato lì, tra i cespugli. Ero sicuro che era morto. Non sarebbe servito a niente portarlo dal medico. E se lo avessi portato indietro, e detto che era stato un incidente, non so se qualcuno mi avrebbe creduto».

«Quindi lo hai lasciato lì. E poi che cosa hai fatto?».

«Ho riportato la macchina in garage».

«Subito?».

«Più in fretta che potevo».

«E sei rimasto lì?».

«Sì, finché è arrivata la polizia».

«Perché sei fuggito quando sono arrivati?».

«Avevo paura che fossero venuti ad arrestarmi per averlo ucciso. Anche se era stato un incidente, potevo trovarmi nei guai. E così ho tagliato la corda».

«Ma non hai pensato quanto questo avrebbe danneggiato la tua posizione?».

«Ero parecchio scosso, ecco. Ma mi sono consegnato – non se lo scordi!».

«Sì, questo è già qualcosa».

«E ho anche confessato spontaneamente. Non hanno dovuto tirarmelo fuori».

Si fece correre un dito sottile e appuntito lungo il naso.

«Sì. A questo proposito – McCracken dice che sembravi quasi impaziente di farlo. Questo è una delle ragioni del sospetto. Un'altra è che hai detto di avere gettato il cadavere nel Sound, mentre è stato trovato, asciutto, giù a Wall Street».

«Questo penso di poterlo spiegare».

Gli riferii l'idea di McCracken. Che Grisby non era morto come pensavo. Che aveva ripreso i sensi, aveva visto il motoscafo ormeggiato al pontile, ed era arrivato a Wall Street da solo. Che una volta lì era così debole, probabilmente per il sangue perso, che era morto quasi nel momento in cui era arrivato sulla strada e prima di poter raggiungere l'ufficio.

«Per quel colpo tirato da te accidentalmente sulla spiaggia?».

«Sì».

«Con la pistola che si trovava nella tasca dello sportello dell'auto?».

«Sì».

«Dopo essersi servito del motoscafo che più tardi è stato trovato di nuovo al pontile?».

«Sì».

Si mise il cappello e si alzò per andarsene. Poi si fermò e si voltò a guardarmi, appoggiandosi pesantemente sul bastone.

«Tu *vuoi* finire sulla sedia?», chiese. «È questo?».

«Che intende dire – per il proiettile?».

«Per tutto! Io non posso aiutarti se non ti aiuti tu. Ho parlato con McCracken. Dice che il proiettile fatale – quello che ha provocato la morte di Grisby – non può essere uscito dalla pistola che hai detto tu».

«Sì, lo so...».

Tornò indietro e si sedette di nuovo.

«Adesso raccontami tutto», disse. «Ogni cosa».

«Supponiamo che avessi un'altra pistola», dissi, «e l'avessi gettata via dopo aver sparato, questo sarebbe un elemento pesante contro di me?».

«Non riuscirei mai a far credere a una giuria che non gli hai sparato tu, se è questo che intendi. Avevi un'altra pistola?».

«No, non l'avevo».

«Allora non gli hai sparato tu!».

«No».

Si tirò indietro e mi fissò.

«Allora, per l'amor di Dio, perché hai detto di averlo fatto?».

Non dissi niente per qualche momento. Non sapevo cosa dire, a meno che non lo accusassi di essere stato lui.

«Va bene, ti dirò io perché», riprese lui. «Te lo dirò. Hai confessato di avere ucciso Grisby, un crimine per il quale pensavi che avessero meno probabilità di condannarti, nel disperato tentativo di toglierti di dosso un altro crimine – l'assassinio di Broome!».

«No», dissi io. «Non ho ucciso Broome. Non era affatto questo».

«E in che altro modo lo puoi spiegare? Non che questa sia stata una mossa molto furba da parte tua – è stata una mossa molto stupida. Non fa altro che confermare ulteriormente la tua colpevolezza riguardo a entrambe le accuse».

«Ma lei ha appena detto che se non avevo un'altra pistola non avrei potuto uccidere Grisby!».

«Sì, ma non ho detto che non l'avevi un'altra pistola. È possibile che l'avessi. Il fatto è: quale linea di difesa dobbiamo prendere? Finora non hai detto niente che mi possa essere del minimo aiuto. Allora, perché? Che cosa stai cercando di nascondere, se non l'hai ucciso tu – e non accidentalmente?».

Decisi che dovevo fare qualcosa, e alla svelta. Altrimenti mi avrebbe mollato lì di sicuro.

«Davvero possono mandarmi sulla sedia?», chiesi. «Voglio dire, anche se non riescono a provare che avevo un'altra pistola?».

«Certo che possono. Possono dire che l'hai buttata via nella palude, o nel Sound. Lo hai fatto?».

«No», dissi. «Non c'era nessuna altra pistola».

«Sta bene. Questo ci riporta al punto di prima. Non gli hai sparato. Non puoi averlo fatto. Allora perché hai detto di sì?».

«Perché non sapevo che sarebbe stato ucciso», dissi.

Pensò che stavo cercando di fare dello spirito. La mandibola gli scattò.

«Qui stai scherzando con la dinamite», disse. «Te lo dico io, possono condannarti. Lo Stato ha un caso a prova di bomba. Forse sei innocente – se non lo pensassi, o se non pensassi che al massimo è stato un incidente e sei stato solo molto stupido, non ti aiuterei. Ma ora dici che non gli hai sparato affatto – e allora perché lo hai confessato? Non ti rendi conto di quanto è seria la situazione?».

«Gliel'ho detto, non sapevo che sarebbe stato ucciso. Doveva essere un omicidio simulato».

«Un omicidio simulato!».

«Sì. Grisby voleva lasciare la moglie – lei non voleva concedergli il divorzio. E allora mi ha pagato perché dicessi che lo avevo ucciso accidentalmente – mi ha dato cinquemila dollari per dimostrare che l'avevo ucciso. Diceva che la polizia non poteva fare niente se non trovava il cadavere, e che lui sarebbe stato in barca per i Mari del Sud, per cui io ero in una botte di ferro. Sembrava un gioco da ragazzi».

Mi guardò come se non riuscisse a credere di aver sentito bene.

«Stai dicendo sul serio?», domandò.

«È per questo che ho confessato», dissi. «Faceva tutto parte del piano. Non mi sono mai sognato...».

«Ma Grisby non era sposato!».

La bocca mi si spalancò.

«*Non lo era!*».

«Certo che no!».

«Ma...».

«Tutta questa faccenda è ridicola! Se pensi che andrò in aula con una storia del genere, sei matto».

4

Grisby non sposato!

Ero senza parole

«Ma questo è il motivo che mi ha dato», dissi. «Davvero».

«Va bene. Potrebbe essere vero. È abbastanza strampalato – proprio come uno dei piani che avrebbe potuto escogitare Grisby. E combacia con determinati fatti di cui mi capita di essere a conoscenza. Grisby stava preparandosi a lasciare il paese. Di questo sono sicuro. Da qualche tempo stava mettendo in ordine le sue cose. Ma non possiamo servircene. Nessuna giuria al mondo ci crederebbe».

«No, penso anch'io. Visto che una moglie non l'aveva

neanche. Ma questo è quello che ha detto e questo è il motivo per cui mi ha dato i cinquemila, perché lo aiutassi a liberarsi di lei. E questo è il motivo per cui mi ha portato in banca con lui – in modo che fossi sicuro di avere il denaro appena avessi svolto la mia parte».

Bannister stava riflettendo.

«Quindi è vero che la barca verso Wall Street l'ha portata lui. Questo combacia», disse. «Potrebbe essere».

«Oh, sì che l'ha portata lui. L'ho visto prendere il largo. Dovevo aspettare che si allontanasse e poi sparare il colpo nella sabbia. L'idea era che dopo, quando la polizia avesse saputo che era sparito, si pensasse che davvero gli avevo sparato e avevo gettato il corpo nel Sound. Questa era la storia che dovevo confessare».

«E allora perché sei fuggito? Prima hai detto che lo hai fatto perché avevi paura che non credessero che era stato un incidente. Questo non torna, con la nuova versione che mi stai dando».

«Mi sono spaventato quando ho sentito la polizia che arrivava. Ho pensato che magari c'era sotto qualche trucco e che Grisby mi stava fregando, così ho cercato di nascondermi nella palude. Poi mi sono messo a riflettere e ho pensato che la cosa migliore da fare era costituirmi e andare avanti con la cosa come avevamo stabilito. Allora sono tornato indietro e ho confessato».

«Be', se non altro questa è una storia a cui io posso credere», disse. «Ma la giuria non ci crederebbe mai, e non possiamo usarla».

Questo mi era facile capirlo – ora che sapevo che Grisby non era nemmeno sposato.

«E allora, che cosa possiamo usare?», chiesi.

«La tesi dell'incidente è tutto quello che abbiamo. Non

è un granché, ma possiamo dire che avevi un'altra pistola, e che l'hai buttata via, e possiamo dire che poi Grisby ha raggiunto Wall Street con il motoscafo ed è morto lì a causa del colpo sparato da te».

«Dovrei dire che gli ho sparato quando non l'ho fatto?».

«È l'unica possibilità che hai».

«Perché non possiamo ritrattare la confessione e cercare di dimostrare che è stato *qualcun altro* a ucciderlo?».

«Oh, ti dichiareremo "non colpevole", non temere. In questo stato la legge prevede che un uomo che rischia una condanna a morte non può comunque dichiararsi colpevole. Ma io sono dell'idea che è meglio confermare la confessione. Prima non lo pensavo. Potrebbero anche respingere l'idea dell'incidente, ma cos'altro abbiamo?».

«Magari possiamo trovare quello che l'ha ucciso davvero. Questo risolverebbe tutto».

«Facile a dirsi. Da dove partiremmo? Il processo sarebbe finito prima ancora che potessimo iniziare».

«Non è detto».

«In che senso? Hai qualcuno in mente?».

«Uno».

«Chi?».

«Lei».

Bannister si passò di nuovo il dito lungo il naso. Non sembrava sorpreso, solo perplesso.

«Perché pensi che possa averlo ucciso?», domandò senza scomporsi. «Perché, Laurence?».

«Forse per impedirgli di uccidere lei».

«Perché avrebbe voluto uccidermi?».

«Non lo so».

«Allora non ti pare ridicolo supporre che possa averlo ucciso io?».

«Probabilmente è solo che non mi viene in mente nessun altro che potrebbe essere stato».

«Non pensi che la polizia abbia esaminato la possibilità che potrei essere stato io? È la prima cosa che hanno fatto quando hanno capito che tu non potevi trovarti in Wall Street. E mi hanno trovato completamente pulito».

«Hanno pensato anche all'omicidio di Broome?».

«Certamente. Sanno che non avrei potuto uccidere Broome – mi trovavo per tutto il tempo nella palude, ad aiutarli a cercarti. E poi, i due omicidi sono sicuramente collegati. No, Laurence; mi fa piacere che tu abbia tirato fuori questa cosa, così puoi togliertela dalla mente; dovremo lavorare insieme, sai».

«Lei pensa che mi processeranno anche per l'omicidio di Broome?».

«Di Broome non devi preoccuparti – non ancora. Sicuramente ti processeranno prima per la faccenda Grisby. E su questo – be', non possiamo che puntare sull'incidente».

Mi lasciò con tante cose a cui pensare.

Grisby non sposato! Questo era un colpo. E Bannister – non ero più sicuro nemmeno di lui.

Supponiamo che non avesse ucciso Grisby, né Broome. Supponiamo che non avesse visto la mia lettera e non sapesse nulla del piano di Grisby di ucciderlo. Mi sarei trovato in un bel guaio se gliene avessi parlato, e se gli avessi detto che mi ero lasciato convincere da Grisby ad aiutarlo nel suo piano. A quel punto si sarebbe rifiutato di fare qualcosa per me – e adesso io la sua assistenza la volevo. La situazione mi si stringeva addosso. Cominciavo ad aver paura. E lui aveva fatto assolvere quella signora, no? Anche quello era stato un "incidente", proprio come il mio.

Quindi dovevo star zitto. Sapevo che avrei potuto sempre tirar fuori la verità, se il piano dell'incidente non avesse funzionato.

Aspettai, non proprio spaventato, ma parecchio allarmato. Aspettai, per vedere che cosa sarebbe successo.

5

Elsa venne a trovarmi spesso. Veniva ogni volta che le pareva che ci fosse via libera.

Nessuno sapeva chi fosse. Portava sempre il cappellino con la veletta, e il nome che usava sul registro dei visitatori era Sheila Stewart.

Le guardie non riuscivano a capire. Anche con il velo si vedeva com'era bella. E vestiva sempre con grande eleganza. E chi ero io, poi? Un autista! Un giovane delinquente che aveva confessato un omicidio e probabilmente ne aveva commessi due.

L'assassino per sfizio!

I giornali si erano impossessati della cosa e ci si erano buttati alla grande. Avevano saputo anche di Sheila Stewart; la chiamavano la "Donna del mistero". Non avevano ancora scoperto, naturalmente, che era Elsa Bannister – ma poteva essere solo questione di tempo.

E lei veniva ugualmente a trovarmi.

«Devo farlo, Laurence», mi disse. «Devo farlo, non capisci? Mi sento, in qualche modo... be', come se fossi responsabile del fatto che tu sei qui. Se non ti avessi impedito di partire quella notte...».

Le lacrime le velavano gli occhi. Le tremavano le labbra.

«Questa è stata la cosa migliore che mi sia mai capitata», dissi io. «Bannister aveva ragione – prima ero addormentato. Tu mi hai svegliato. Adesso vivo. Adesso sono *vivo*!».

Ci guardammo negli occhi, e lo schermo si mise di nuovo a vibrare.

«Il processo comincerà tra una settimana», disse lei. «Marco dice che il procuratore intende arrivare alla fine al più presto. Sono così sicuri... così sicuri...».

Ed eccola lì, di nuovo a piangere.

«Non crede che io abbia grandi possibilità, eh?».

«Dice che lui è sicuro che non sei stato tu».

«Però vuole che confermi lo stesso la confessione. Dice che devo attenermi alla storia che ho ucciso Grisby accidentalmente. Dice che la giuria potrebbe crederci – e che non crederebbe mai che non gli ho sparato affatto, con tutte le prove contro di me».

«Dice che gli hai raccontato una storia assurda...».

«Su Grisby che mi ha pagato cinquemila dollari per far credere che l'avevo ucciso? Be', lo ha fatto».

«Ma lui dice che lo hai fatto per aiutare Grisby a liberarsi della moglie!».

«Questo è quello che mi ha detto Grisby. Come facevo a sapere che non era sposato?».

«Ma non capisci? Marco ha ragione – la giuria non crederebbe mai a una storia del genere!».

Questo lo avevo pensato anch'io.

«Be', potremmo lasciar fuori la storia della moglie», dissi. «Potremmo dire che voleva che la polizia credesse che era morto per un'altra ragione».

«Immagino che sia possibile... ma dovrebbe essere una buona ragione. Altrimenti la giuria penserebbe che stai dicendo la prima cosa che ti viene in mente, pur di salvarti».

Fu qui che cominciai a pensare che forse non ci *avrebbe*-

ro creduto, che forse non avrebbero creduto a niente di quello che dicevo. Se dichiaravo che inizialmente avevo mentito sul fatto di avere ucciso Grisby, non avrebbero pensato che stavo mentendo ancora di più se cambiavo la versione dicendo di non averlo fatto? Avrei avuto più di un motivo per mentire, con la sedia elettrica davanti a me...

«Adesso ti dirò la verità», dissi. «Grisby mi ha dato i cinquemila dollari perché fingessi di averlo ucciso. Ha detto che voleva liberarsi della moglie, e che già solo per questo era disposto a perdere tutto quello che aveva. Ma c'era anche un'altra ragione – e una buona ragione».

Dovevo dirlo a qualcuno. Lei era l'unica persona amica che avessi, l'unica a cui potevo dirlo.

«Quale – qual era la ragione?», chiese.

«Grisby voleva che lo si credesse morto», dissi, «perché voleva uccidere qualcun altro. E sapeva che non avrebbero mai sospettato di lui se io potevo "provare" che l'avevo ucciso – accidentalmente, s'intende».

Dietro la veletta, i suoi occhi si spalancarono.

«Lee *Grisby*?», disse.

«Proprio lui – Grisby».

«Non è possibile! Perché...».

«Oh, è vero, te lo assicuro! Voleva uccidere qualcuno».

«Ma... ma è assurdo!».

«Eppure...».

«Chi – chi intendeva uccidere? Te l'ha detto?».

«Sì. Ha detto che voleva uccidere Bannister».

«*Marco?*».

Non poteva crederci.

«Ma è impossibile!», disse. «Non ti rendi conto di quanto è impossibile? Sono soci da anni. Non hanno mai avuto un solo contrasto. Oh, sono sicura che ti sbagli. Non Marco!».

Cominciai a pensare che forse tutti quei discorsi di Grisby di uccidere Bannister erano stati anche quelli un trucco – come la faccenda della moglie – una copertura per nascondere qualcos'altro. Ma che cosa?

«Be', questo è quello che ha detto lui».

«Ma che cosa avrebbe potuto guadagnarci?».

«Ha detto che ne avrebbe ricavato una quantità di soldi – tanti da farlo vivere nel velluto per anni».

«E come li avrebbe avuti, questi soldi? Lo vedi, deve esserci un errore. Anche se ti ha detto così...».

«Be', evidentemente se non mi credi tu, non riuscirò mai a convincere una giuria».

«E dove contava di andare? Dove poteva nascondersi?».

«Se ne sarebbe andato nei Mari del Sud».

«Nei Mari del Sud? Ma andiamo, Laurence, tutta questa storia è assurda! Non lo hai detto a nessun altro, vero? Alla polizia?».

«Non ancora».

«E nemmeno a Marco – al signor Bannister?».

«Oh, Dio, no!».

«Bene, non devi farlo – e nemmeno alla polizia! È la cosa peggiore che potresti dire».

«Ma potrebbe essere la mia sola possibilità».

«Oh, lo so, lo so... ma non lo vedi? Anche se fosse vero – soprattutto se è vero – se dici che ti sei accordato per aiutarlo a uccidere qualcuno, credi che esiterebbero a pensare che lo hai ucciso? Ne sarebbero sicuri, a quel punto».

Fu qui che cominciai a spaventarmi sul serio.

«Ma non posso crederci», disse, «non posso credere né che Lee Grisby volesse fare una cosa del genere né che tu fossi disposto a dargli una mano!».

Non fosse stato per lei, non lo sarei stato. Dovevo farle vedere il mio punto di vista.

«Be', io non dovevo uccidere nessuno», dissi. «Dovevo solo far sembrare che fosse così. Non dovevo fare altro che tirare un colpo nella sabbia. E questo è tutto quello che ho fatto. E adesso per questo vogliono mandarmi sulla sedia elettrica! Per aver sparato alla sabbia!».

Rimase in silenzio per qualche momento, cercando di capire il tutto, e – lo vedevo bene – facendo parecchia fatica.

«Allora è per questo che pensi che l'ha ucciso Marco», disse. «Pensi che lo ha fatto per autodifesa?».

«Non vedo in che altro modo potrebbe essere successo».

«Ma se fosse stato per legittima difesa, non lo direbbe? Perché cercherebbe di nasconderlo? Non ne avrebbe bisogno! Nessuna giuria al mondo lo condannerebbe. Ma tu...».

«Cinque minuti», disse la guardia. «Tempo scaduto».

Mi portava la frutta e si accertava che mangiassi bene. Mi portava giornali e libri.

Quindi andava tutto bene. Avevo temuto che ce l'avesse con me per aver partecipato al piano di Grisby per uccidere suo marito. Perché alla fine ci credette, anche se non riusciva a capirlo. Ma ci credette solo dopo aver scoperto una cosa – una cosa che io stesso ignoravo. Esisteva una polizza di assicurazione societaria, tra Grisby e Bannister, di centomila dollari.

«Ma quello che non capisco», disse, «è come contava di incassarla, se ufficialmente era morto».

«E ora quei soldi andranno a Bannister?».

«Oh, sì».

Sembrava il colmo di qualcosa, non sapevo di cosa. L'intera faccenda si faceva più ingarbugliata di minuto in minuto.

«Supponendo che fossero morti entrambi contemporaneamente», dissi, «che cosa sarebbe accaduto? A chi sarebbe andato il denaro?».

«Be', immagino che se Grisby fosse stato sposato, una parte sarebbe andata anche a sua moglie. Ma così sarebbe andato a me. Quindi non avrebbe guadagnato niente uccidendo Marco».

«Già, lo penso anch'io».

«Laurence, perché lo hai fatto?», chiese di punto in bianco.

Feci quasi un salto sulla sedia.

«Uccidere Grisby, dici? Ma...».

«No. Lo so che non lo hai fatto. Ti credo. Voglio dire, perché hai accettato di seguirlo nel suo piano? Oh, lo so che ti ha offerto cinquemila dollari, ma non vedi come sei stato incosciente? Tutto questo poteva mai valere cinquemila dollari?».

«No», dissi. «Ma non intendevo nemmeno farlo. La sera in cui ci siamo incontrati davanti al garage, quando stavo andando via, ti ho detto che me ne andavo perché non ero tagliato per fare l'autista. Ero un marinaio. Ti ho detto che tornavo in mare. Bene, ci stavo tornando, ma non era quello il motivo. Avevo paura che se non avessi fatto quello che diceva lui, Grisby avrebbe fatto fuori anche me. Per questo tagliavo la corda – e alla svelta».

«E io ti ho fermato! Oh, Laurence, se me lo avessi detto...».

«Intendevo dirlo a Bannister. Gli avevo scritto una lettera. Ma quando siamo tornati dalla spiaggia... be', la lettera l'ho stracciata».

«Ma perché?».

«Perché non sarei stato io a uccidere qualcuno. Se Bannister non sapeva badare a se stesso... E poi, soprattutto, c'eri tu».

Sentii che tratteneva il fiato.

«Capisco...».

«Ecco perché l'ho fatto, in realtà, pensavo che tutto sarebbe andato... diversamente».

«Oh, Laurence...».

«Lo hai detto tu stessa che pensavi che per Bannister sarebbe stato meglio se fosse morto. Così non si sarebbe angustiato più tanto per la sua gamba».

«Io... non avrei dovuto dirlo. Ero fuori di me...».

«Ma lo pensavi, non è vero?».

«Ti prego, Laurence...».

«Lo pensavi!».

«Penso di sì – in quel momento. A volte, quando si chiude in se stesso, quando diventa intrattabile...».

«Tu non lo ami, questo lo so».

«No. Penso di non averlo mai amato veramente. Penso che sia sempre stato solo – pietà. Lo è ancora. Non fosse stato per questo lo avrei lasciato dieci volte. Gli avrebbe fatto troppo male. E poi, non mi concederebbe mai il divorzio. Si batterebbe con tutte le forze, gli costasse pure fino all'ultimo centesimo».

«Ma che cosa faremo quando ne uscirò? Se», dissi, «me ne tirerà fuori?».

«Non lo so. Dovremo pensarci – quando sarà il momento».

Bannister arrivò subito dopo che lei era andata via; così immediatamente che mi si drizzarono i capelli sulla testa. Mi chiesi se l'avesse vista.

«Bene», disse. «È tutto fissato. Il processo si apre domani. Il procuratore ha un solido castello accusatorio, ma noi possiamo batterlo. Voglio che tu questo lo tenga bene in mente – per quanto nere possano sembrarti le cose, non smuoverti dalla versione dell'incidente».

«Sì», dissi io.

«Ti daranno un'incriminazione per omicidio di primo grado. La nostra linea di difesa sosterrà l'omicidio giustificabile – l'incidente. Ricorda, è compito dello stato dimostrare la tua colpevolezza, non tocca a noi dimostrare che sei innocente. Se dici di non avergli sparato affatto e cerchi di provare la tua innocenza, non fai altro che aiutare la procura a dimostrare la tua colpevolezza – il peso della prova per dare sostanza alla loro teoria che gli hai sparato tu, anche se quella prova è solo circostanziale, è troppo pesante».

«Ma se sono innocente, non possono provare che sono colpevole, no?».

«Possono, come no? Svilupperanno la teoria che hai sparato, poi produrranno dei fatti per confermare quella teoria. Quando avranno finito con i loro testimoni, non ci sarà un solo giurato che crederà che non hai sparato a Lee Grisby. Sarebbe una sciocchezza contestarlo; non abbiamo prove che non lo hai fatto. Naturalmente, anche loro non hanno alcuna prova che lo hai fatto. Ma l'onere della prova spetta a loro».

«Possiamo provare che non l'ho fatto con la pistola che avevo – l'ha detto McCracken. Ha detto che non posso averlo fatto con quella pistola!».

«Sì, ma non possiamo dimostrare che non ne avevi un'altra. Come potremmo? E diranno che lo hai fatto – e sembrerà che abbiano ragione per il semplice fatto che noi non possiamo smentirlo. Inoltre, come ho detto, avranno convinto la giuria, con i loro testimoni, che gli hai sparato. E poiché non ci crederebbero se dicessimo che non lo hai fatto, esiterebbero a crederci quando diciamo che è stato un incidente. No, il punto su cui reggeremo o cadremo è se l'uccisione è stata premeditata o accidentale – io penso che su questo punto possiamo seminare sufficiente dubbio per scongiurare una tua condanna. In ogni caso, è la nostra sola speranza».

E così andai a difendermi la vita al processo sostenendo di aver ucciso un uomo che non avevo ucciso – e sperando che mi credessero, ma non al punto da mandarmi sulla sedia elettrica.

PARTE QUARTA

1

L'aula era gremita e rumorosa. Le donne erano molte, ma Elsa la scorsi quasi immediatamente. Questa volta non aveva la veletta, e nemmeno il cappello. Il sole che entrava da un finestrone illuminava il rosso dei suoi capelli. Mi sorrise e io ricambiai il sorriso.

Bannister era seduto a un tavolo accanto al banco del giudice. Girò lo sguardo per vedere a chi stessi sorridendo. Elsa stava ripiegando in grembo un fazzoletto. Lui si volse verso di me accigliato e tirò indietro una sedia vicina alla sua.

«Paura?», domandò.

«Un poco», dissi.

«Non devi. Siediti. Non sorridere, ma non prendere nemmeno un'aria troppo pessimista».

Il giudice picchiò il martelletto imponendo l'ordine.

«Quello è il giudice Ditchburne», disse Bannister. «Controllerà che tu abbia un trattamento equo».

Il giudice aveva folte sopracciglia e capelli bianchi e scarmigliati su un viso rosso. Aveva sulle labbra un sorrisetto acido.

Una voce intonò: «Udite, udite, udite. Tutti coloro che qui hanno titolo si facciano avanti, prestino attenzione, e saranno ascoltati».

«L'attività principale, oggi», mi spiegò Bannister, «sarà la selezione dei giurati. Potrebbe prendere poco o molto tempo, dipende da quanto ci toccherà setacciare, a Galloway e a me».

«Chi è Galloway?».

«Il Procuratore Distrettuale. Di norma non seguirebbe il caso personalmente, ma ci tiene alla pubblicità che gli dà questo processo. È un caso abbastanza insolito, tanto da richiamare un bel po' di attenzione. E poi, è sicuro di vincere».

«Qual è?».

Indicò con la testa un uomo in abito marrone, accanto a un altro tavolo, che ci dava le spalle sfogliando una quantità di carte. Era basso di statura, con il collo taurino, le spalle ampie e una testa completamente pelata che gli dava un che di aerodinamico – pronto per l'azione. Quando si voltò vidi che aveva la mandibola larga e due grandi occhi castani e brillanti. Mi sorrise e guardò il giudice. Quello era l'uomo che ce l'avrebbe messa tutta per mandarmi sulla sedia elettrica.

In aula si fece silenzio. Ebbero inizio le operazioni per la formazione della giuria.

Galloway non sembrava particolarmente interessato a chi fossero i giurati, purché non avessero niente in contrario a mandarmi sulla sedia. Bannister rifiutò alcuni di loro, ma non saprei dire perché. Alla fine, quando l'udienza riprese dopo la pausa per il pranzo, erano lì tutti e dodici seduti sul banco della giuria – due donne e dieci uomini, tutti belli strigliati e in gran tiro.

Poi mi portarono alla sbarra per la dichiarazione.

«Non colpevole», dissi.

Tornai e mi sedetti accanto a Bannister.

Galloway non perse tempo. Si mise subito in azione, caricandosi sempre di più di momento in momento.

«Con il permesso della Corte», cominciò. «Siamo qui per la causa del Popolo di New York contro Laurence Planter».

Era curioso sentire il mio nome in quel posto, con quei dodici che mi guardavano. E più Galloway parlava, peggio era.

«La difesa cercherà di indurvi a credere», disse ai giurati, «che questo crimine odioso contro la società sarebbe stato commesso accidentalmente. Vi proverò che nulla può essere più lontano dal vero. Proverò che l'imputato stava preparandosi a lasciare il paese. Proverò che egli vide l'infelice vittima della sua avidità, Lee Grisby, prelevare cinquemila dollari dalla banca. E proverò che lo uccise per appropriarsi di questa somma – praticamente in presenza di testimoni. Questi testimoni vi parleranno spontaneamente, deponendo sotto giuramento. Non dovete esitare ad accettare la loro parola; non dovete esitare a formulare un giudizio di colpevolezza per omicidio di primo grado!».

Se non avesse detto altro, se i giurati si fossero ritirati lì per lì e avessero votato, avrebbero detto: «Colpevole!». Lo sapevo. Sapevo che sarei colato a picco. Non c'era niente di quanto potevamo dire noi che cambiasse la situazione, a meno che non dicessi la verità. E Bannister aveva detto che non potevo; la verità mi avrebbe mandato a fondo più rapidamente di qualsiasi altra cosa potessimo dire. Allora, che cosa rimaneva? Non ne avevo idea.

La voce di Galloway risuonò: «Sia chiamato il dottor Colbert».

Brividi freddi mi corsero su e giù per la schiena.

Il dottor Colbert, risultò, era il medico legale. Dimostrò, in maniera convincente per tutti, che Grisby era morto.

«E in che modo, dottor Colbert, fu inflitta tale morte?».

«Mediante un proiettile penetrato nel cuore».

«Sparato direttamente dal suo fianco?».

«Dal suo fianco – il fianco sinistro».

«A quale distanza, direbbe?».

«Una distanza molto breve. La polvere bruciata visibile sulla giacca faceva capire che la pistola era tenuta molto vicina».

«Questo colpo, dunque, secondo la sua opinione, potrebbe essere stato esploso da qualcuno seduto accanto al signor Grisby al volante di un'auto?».

Bannister si alzò.

«Obiezione. La domanda sollecita un'opinione, non un fatto», disse.

Galloway lo guardò sorpreso.

«Stiamo soltanto cercando di assicurarci l'opinione professionale di un esperto», disse, «per confermare una dichiarazione fornita come dato di fatto dall'imputato medesimo. Nella confessione che leggerò appena la causa della morte sia stata stabilita...».

«Obiezione respinta», tagliò corto il giudice. «Il Procuratore Distrettuale può proseguire».

«Il testimone può rispondere», disse Galloway.

«Benissimo. Secondo la mia opinione il colpo può essere certamente stato esploso da una persona seduta sul lato sinistro del deceduto, a bordo di un'auto».

«È tutto», disse Galloway. «A lei il teste, avvocato Bannister».

«Una sola domanda, per il verbale», disse Bannister.

Galloway lo guardava ancora accigliato, perplesso.

«La difesa non metterà in discussione il fatto che vi sia stata una morte?», chiese.

«Desidero stabilire con precisione il mezzo che ha provocato la morte», spiegò Bannister. «Dottor Colbert, è in grado di dirmi di che calibro era il proiettile estratto dal defunto?».

«Sì. Era un .32».

«Forse il Procuratore Distrettuale vorrà essere così gentile da mostrare la prova?».

Galloway raccolse il proiettile dal tavolo. Aveva un'etichetta.

Bannister lo prese, guardò l'etichetta e lo porse al dottor Colbert.

«È questo il proiettile? Il proiettile mortale con cui è stato ucciso Lee Grisby?».

«Sì».

«Grazie, dottor Colbert. È tutto». Guardò il giudice. «Con il permesso di Vostro Onore, desidererei che la Corte ordinasse allo Stato di classificare questo reperto come prova della difesa».

Anche il giudice Ditchburne apparve sorpreso.

«Benissimo», disse, dopo aver lanciato un'occhiata a Galloway. «Sarà così contrassegnato».

«Qual è l'idea?», chiesi. «Intende cercare di dimostrare che alla fine non sono stato io a spararagli?».

«Oh, no. Il trucco è insinuare nella mente dei giurati un ragionevole dubbio sul fatto che tu lo abbia fatto di proposito. Voglio essere in grado di mostrare che la pistola trovata nell'auto non corrisponde al proiettile estratto da Grisby. Non proverà che non avevi un'altra pistola, ma proverà che la teoria del Procuratore Distrettuale non è inattaccabile quanto lui cercherà di far credere alla giuria. Se non è inattaccabile, c'è un ragionevole dubbio. Tutto qui».

Poi Galloway lesse la confessione che avevo reso. Era stata riformulata, con una quantità di espressioni tecniche, per renderla presentabile in aula, ma diceva sempre che avevo sparato a Grisby accidentalmente e poi lo avevo buttato nel Sound. Avevamo cercato di correggerla dicendo che invece lo avevo lasciato sulla spiaggia, ma il più che s'era potuto fare era stato presentare questa dichiarazione in una seconda confessione.

I giurati erano così interessati che se ne stavano lì a bocca aperta ad ascoltare ogni parola.

Dopo che ebbe letto la prima confessione, Galloway chiamò un agente al banco dei testimoni. Si chiamava Peters. Faceva parte della Old Slip Station di Wall Street, ed era quello che aveva trovato il cadavere.

«Lei era in servizio di pattuglia in Wall Street la sera del dodici agosto?».

«Sissignore».

«Dica alla giuria, per favore, esattamente quello che ha visto e udito».

«Erano le ventitré e venti. La strada era deserta. Ero in fondo, dalla parte di South Street, e controllavo la zona del porto quando ho visto un corpo disteso sul marciapiede. Sono accorso e ho constatato che si trattava del signor Grisby, dello studio legale Bannister e Grisby».

Si levò un brusio. Tutti si voltarono a guardare Bannister, come per vedere se era proprio quello stesso Bannister. I giurati si scambiarono commenti sottovoce.

«Continui, prego», disse Galloway. «Che cosa ha fatto allora?».

«Senza toccare il corpo, se non per controllare se fosse morto – c'era una pozza di sangue sotto di lui, ancora umida – stesi il rapporto e avvertii il custode notturno del palazzo in fondo alla strada, dove hanno sede gli uffici del signor Grisby, di quello che era successo. Anche lui lo identificò, e poi andò a chiamare il signor Bannister, che lo aspettava nello studio. Il signor Bannister venne subito e rimanemmo tutti in attesa dell'arrivo degli uomini della Omicidi».

«Sta bene. Ora qualche domanda, per favore. Lei dice di avere scoperto il corpo alle undici e venti. Da quanto tempo si trovava nei paraggi?».

«Avevo svoltato nella strada alle undici e dieci».

«Ha visto niente di insolito? Sentito niente?».

«No, signore».

«Ha incrociato qualche auto?».

«In Wall Street? No, signore».

«E non ha sentito una detonazione?».

«No, signore. La strada era silenziosa».

Galloway si girò a guardare la giuria, poi si rivolse di nuovo al testimone.

«Vorrei accertarmi di aver capito. Lei dice di non aver sentito nessuno sparo. Eppure, dalla condizione del sangue, che secondo la sua testimonianza era ancora umido quando ha raggiunto il corpo, Lee Grisby era morto da breve tempo. Quindi sappiamo che la morte dev'essere avvenuta in Wall Street, ma non, a quanto pare, a causa di un colpo sparato in Wall Street, altrimenti lo avrebbe sentito. Giusto?».

«Obiezione!», esclamò Bannister. «Il colpo potrebbe essere stato sparato prima che l'agente arrivasse a distanza tale da udirlo, e il signor Grisby sarebbe stato ugualmente senza vita da poco tempo, oppure l'omicida potrebbe aver usato un silenziatore».

«L'avvocato Bannister ha ragione», disse il giudice. «Non è possibile trarre alcuna conclusione definitiva dal fatto che l'agente non ha udito alcuno sparo. Si eliminino i commenti in proposito del Procuratore dal verbale».

Galloway allargò le braccia, le palme in fuori in un gesto di preghiera.

«Ma, Vostro Onore – il fatto che non furono uditi spari conferma semplicemente la dichiarazione resa dall'imputato stesso nella sua confessione, che il signor Grisby fu raggiunto dal colpo in una località posta a una certa distanza – sulla spiaggia, per la precisione. Ma torneremo in seguito su questo punto. Adesso vorremmo proseguire con la testimonianza dell'agente, che è ansioso di tornare a casa da moglie e figli prima di riprendere il suo servizio».

Peters lo guardò e fece per dire qualcosa, ma Galloway si affrettò a proseguire. L'idea era di suscitare la contrarietà della giuria nei confronti di Bannister se questi avesse dedicato troppo tempo al controinterrogatorio, e non voleva che Peters scoprisse il giochetto.

«Ora veniamo a un punto molto importante, signor Peters. La prego, riferisca alla giuria in che condizioni erano gli abiti del signor Grisby nel momento in cui lei raggiunse il cadavere».

«Be', sembravano in buone condizioni, a parte il sangue, è chiaro».

«Erano bagnati o asciutti?».

«Ah, ho capito. Erano asciutti».

«Asciutti!». Galloway ruotò su se stesso. «Asciutti! Eppure nella sua confessione l'imputato afferma di aver gettato il corpo nel Sound!».

«Obiezione!», disse Bannister.

«Su quale base?».

«Sulla base del fatto che in una confessione resa in un momento successivo il mio cliente ha ritrattato la dichiarazione che il corpo fu gettato nel Sound. Il Procuratore Distrettuale, mi sembra, cerca di ricavare un ingiusto vantaggio da una situazione che, come ben sa, è stata rettificata».

«Obiezione accolta», disse il giudice. «Anche l'ultimo commento del Procuratore Distrettuale sia eliminato dal verbale».

Galloway si strinse nelle spalle. Guardò la giuria per accertarsi che comunque la cosa fosse arrivata a destinazione. Era arrivata.

«Benissimo», disse. «Resta il fatto che gli abiti erano asciutti. Ora, signor Peters, c'è altro che l'ha colpita al momento della scoperta del corpo?».

«Sì, signore, una cosa c'è. Il signor Grisby giaceva a faccia in giù, con le braccia allargate. Il cappello era rotolato via da un lato. Ma nella mano destra c'era un berretto – stretto così forte che quando arrivarono quelli della Omicidi ebbero difficoltà a toglierglielo».

«Che genere di berretto?».

Peters si inumidì le labbra e guardò me.

«Un berretto da autista», disse.

Galloway andò al suo tavolo e prese il berretto che Grisby mi aveva preso quando era corso alla barca.

«È questo?», chiese.

«Direi di sì».

Galloway si voltò, sventolando il berretto.

«Pensate!», disse. «C'è un uomo mortalmente ferito – stroncato nel fiore degli anni, ma con la rapidità e brillantezza di pensiero che ha caratterizzato la sua intera carriera di avvocato afferra la prova che manderà il suo assassino sulla sedia elettrica! Perché una giuria competente, riunita a processare quell'assassino, possa vendicare la sua morte senza il minimo timore di uno sbaglio o di una possibile errata applicazione della giustizia. Guardate!».

Venne da me e mi mise il berretto sulla testa, calcando con forza.

«Obiezione!», gridò Bannister. Si alzò così di scatto che la gamba matta gli si inceppò. Una smorfia di dolore gli torse il viso. Si afferrò al tavolo e si tenne su.

«Si capisce che la difesa obietta», disse Galloway. «Il berretto calza a pennello!».

«Io obietto contro le tattiche impiegate dal Procuratore Distrettuale», scattò Bannister. «Suo compito dovrebbe essere svolgere un interrogatorio diretto; l'opportunità di presentare le conclusioni l'avrà più tardi. E poi queste sceneggiate sono assolutamente inutili. La difesa non ha mai negato che il berretto in questione appartenga all'imputato. Ma dire che è dell'imputato perché si adatta alla testa è ridicolo. Il berretto è di misura standard. Potrebbe calzare altrettanto facilmente a dieci milioni di altre persone. Chiedo che le conclusioni del Procuratore Distrettuale siano eliminate dal verbale perché intempestive, infondate e inconsistenti».

«Obiezione respinta», disse il giudice Ditchburne. «La prova, direi, è materiale. Ma devo invitare il Procuratore Distrettuale a limitarsi, fino a quando sarà pronto alle conclusioni, all'interrogatorio diretto dei testimoni».

Galloway alzò le spalle.

«Presento questo berretto per prova come Reperto A», disse, tirandomelo via. «Non è solo una prova altamente materiale ma, come mi propongo di dimostrare, è una prova positiva che non ci troviamo di fronte a un semplice caso di uccisione involontaria, come vorrebbe farci credere la difesa, e come è affermato nella confessione dell'imputato, ma un chiaro caso di omicidio di primo grado».

«Non è vero!», gridai. «Io...».

Bannister mi mise una mano sul braccio per tenermi giù.

«Lasciamolo finire», mi disse. «Il nostro turno verrà più tardi».

«Vuole farmi testimoniare?».

«No, non posso farlo – gli daremmo proprio l'occasione

che vorrebbe per controinterrogarti. Ma non preoccuparti, non sarà necessario».

Galloway si rivolse a Peters, che si stava rigirando il berretto tra le mani.

«Questo è tutto», disse. «Il teste a lei, avvocato Bannister».

Bannister si alzò lentamente, riflettendo.

«Nessuna domanda – anzi no. Una sola». Guardò Peters, che s'era già quasi alzato dalla sedia. «Ovviamente non voglio trattenerla lontano da moglie e figli più di quanto lo voglia il Procuratore Distrettuale, che un momento fa era così ansioso. Ma una domanda vorrei fargliela. Lei ha moglie e figli, signor Peters?».

«Be'...».

Peters guardò Galloway. Poi accennò un sorriso.

«No», disse.

Una risata si diffuse nell'aula. Il giudice Ditchburne picchiò con il martelletto. Galloway si fece tutto rosso, ma cercò di darsi un tono alzando le spalle.

«Grazie», disse Bannister a Peters. «Può andare».

Dopo uno sguardo a Galloway tornò al tavolo e si sedette accanto a me, sorridendo. Si sentivano ancora le risate del pubblico.

«Sta bene», disse Galloway. «Questa per lo Stato è una occasione di grande serietà, mentre alla difesa non sembra importante o degna di una condotta seria. Forse l'avvocato Bannister ha riconosciuto la futilità di questo caso. O forse le procedure lo annoiano. Bene, d'ora in poi renderemo le cose più interessanti. Il nostro prossimo teste è un uomo di impeccabile integrità e onestà, senza paura e animato da altissimo senso civico. Anche se la richiesta potrebbe risultargli sorprendente, sono sicuro che non esiterà a testimoniare. Chiamo Mark Bannister!».

«Mark Bannister!», intonò il cancelliere.

Un mormorio si levò tra il pubblico e raggiunse in crescendo il livello di un boato mentre il martelletto del giudice picchiava sul banco. Mi voltai a guardare Elsa. Cercò di sorridere, di incoraggiarmi, ma era preoccupatissima, lo vedevo chiaramente. Be', ero anch'io preoccupato. A quanto pareva non avevo la minima possibilità. E ora Galloway stava persino cercando di mettere Bannister, il mio avvocato, sul banco dei testimoni!

Bannister si alzò, furibondo.

«Sta bene!», proruppe verso Galloway. «Verrò al banco!».

«Un momento», disse il giudice Ditchburne. «Penso che l'imputato abbia qualcosa da dire in proposito». Mi guardò. «Devo dirle che ha il diritto di non consentire al difensore di mettere a repentaglio il suo caso esponendosi all'interrogatorio della pubblica accusa – o, se lo fa, con o senza il suo consenso, di assicurarsi o farsi assegnare dalla Corte un nuovo avvocato. Se desidera discutere della questione prima di prendere una decisione, la Corte ordinerà una breve sospensione. Che cosa dice l'imputato?».

Fui lì lì per lasciarmi sfuggire l'occasione di fare qualcosa di buono. Per me era arabo tutta quella faccenda, e per un minuto non seppi cosa dire. Ma poi vidi quell'occasione, e quasi senza rendermene conto snocciolai, tutto d'un fiato: «No, non voglio un altro avvocato, se è questo che intende dire, e non ho paura delle domande che può fargli il signor Galloway, perché non c'è niente di cui aver paura. Io non ho fatto niente».

Ero senza fiato e sapevo di avere le orecchie paonazze, ma mi sentivo fiero di me, proprio, come ci si sente quando si dice la cosa giusta al momento giusto. Ma ero preoccupato, non pensate che non lo fossi.

2

Alcuni giornalisti dietro di me stavano commentando sottovoce quello che stava succedendo.

«Ehi, Joe! Come sarebbe? Galloway non può far testimoniare Bannister contro il suo cliente, no?».

«Per me è una novità. Tutto questo processo si fa più sballato di minuto in minuto».

«Be', se ero io Bannister, mi avrebbe sentito».

«Per me non era tenuto a testimoniare – Galloway glielo ha chiesto e lui ha accettato».

«Neanche morto io lo avrei fatto. Oh, sarà sotto giuramento! E io che ho sempre pensato che era uno furbo!».

«Lo è. O ha un asso nella manica o sa che Galloway potrebbe costringerlo a deporre, se si fosse rifiutato ora. E questo farebbe una cattiva impressione. Non dimenticare, il ragazzo era il suo autista. Non viene chiamato al banco come suo legale, ma come suo boss. Non è che ne sono sicuro – è solo un'ipotesi. Ma è proprio forte, altroché – un avvocato che testimonia nel suo caso, contro il suo cliente!».

«Già, è proprio forte, altroché».

Sì, ma porca miseria, come pensavano che ne sarei uscito io, in tutto questo?

Bannister si diresse zoppicando al banco dei testimoni. I giurati alzarono le sopracciglia al modo strano che aveva di camminare. Si vedeva che, in un certo senso, erano contro di lui.

«Giura di dire la verità, tutta la verità e nient'altro che la verità?».

«Lo giuro».

Bannister si sedette sulla sedia e guardò torvo Galloway. Era scuro in volto, infuriato, stringeva i denti. Cercava di nascondere la gamba storta, di fare in modo che non si vedesse troppo. Non ci riuscì. Sembrava che ciondolasse per conto suo, sconnessa.

Ora non si sentiva un alito in tutta l'aula.

Galloway si fece dire nome, indirizzo e professione da Bannister, come se non lo avesse mai visto prima.

«Ora, signor Bannister», disse, «la sera del dodici agosto, lei si trovava nel suo ufficio in Wall Street?».

«Sì».

«Aspettava il signor Grisby, che era andato a casa sua a prendere dei documenti. Mi è sembrato di capire che quelle carte avevano una certa importanza per il caso su cui stavate lavorando. È vero?».

«Sì. Li aveva lasciati lì per sbaglio, e si era offerto di andare a prenderli».

«A che ora si è reso conto che il signor Grisby non sarebbe tornato?».

«Alle undici e trentacinque, quando il signor Marek, il custode notturno, è venuto a dirmi che il signor Grisby giaceva morto in strada. L'ho accompagnato immediatamente giù dove si trovava il signor Grisby. L'ho identificato».

«Ha notato il berretto nella mano del signor Grisby?».

«Sì».

«Qual è stato il suo primo commento vedendo il berretto?».

«Ero sorpreso. Ho detto: "Sembra quello del mio autista. Deve averlo portato lui qui"».

«Non ha detto anche che doveva averlo ucciso?».

«Ho detto che sembrava che fosse così, visto che il suo berretto era lì mentre lui non era più nei paraggi».

«Non ha suggerito di cercarlo immediatamente?».

«Naturalmente. Se il mio autista era colpevole, volevo

che fosse arrestato. Dopotutto il signor Grisby era mio socio».

«Certo. Lei voleva vendicare la sua morte – era suo dovere, esattamente come è mio dovere. Ora, immagino che non fosse solo questo, ma che sentisse un certo senso di responsabilità, avendo assunto e dato fiducia all'imputato, Laurence Planter, che poi aveva dimostrato la sua gratitudine uccidendo il suo socio».

Bannister lo fissava senza fare commenti.

«Mi domando», continuò Galloway, «che cosa sapeva di lui che giustificasse quella fiducia. Le ha fornito qualche referenza quando lo ha assunto?».

«No. Non mi è neppure venuto in mente di chiedergliela».

«Come è successo che lo ha assunto?».

«Avevo bisogno di un nuovo autista. Quello che avevo, lo avevo licenziato il giorno prima che arrivasse sulla mia spiaggia Laurence Planter; lo avevo licenziato perché si era ubriacato. Laurence cercava lavoro. Era giovane e robusto. Aveva tutta la vita davanti a sé».

«Ma non gli ha chiesto nulla di lui?».

«Gli ho fatto qualche domanda, ovviamente. Ho saputo che aveva fatto il marinaio e aveva visto molto della vita, ma – la chiami ingenuità, se vuole – ho capito che era riuscito in qualche modo a evitare di farsi macchiare dalla vita».

«E quindi l'ha assunto sulla fiducia?».

«Già – sulla fiducia».

«Dunque, signor Bannister», proseguì Galloway, «lei dice che l'imputato non aveva un lavoro quando lei l'ha assunto. Stava semplicemente gironzolando su e giù per il Sound. In altre parole, era un vagabondo, giusto? Un peso per la società?».

«Non aveva denaro, se è questo che intende dire. Almeno, ritenni che non ne avesse».

«Quanto gli dava come paga settimanale?».

«Diciotto dollari, più vitto e alloggio».

«Capisco. Di questo passo gli sarebbero stati necessari degli anni per mettere da parte cinquemila dollari, no?».

«Penso di sì».

«E da quanto tempo Laurence Planter era alle sue dipendenze prima dell'uccisione di Lee Grisby?».

«Un paio di mesi. Non ricordo esattamente».

«Lui non era troppo soddisfatto del proprio lavoro, vero?».

Bannister prese un'aria contrariata, ma rispose.

«Pensavo che fosse molto soddisfatto».

«E poi improvvisamente non lo era più! Improvvisamente si preparava a lasciare il paese – a tornare in mare. Chi sa se lei è in grado di illuminarci su questo, signor Bannister. Perché voleva andarsene?».

«Non sapevo che volesse andarsene». Bannister si rivolse al giudice Ditchburne. «Come avvocato difensore, desidero oppormi alla linea di interrogatorio del Procuratore Distrettuale. Per vie indirette sta tentando di dimostrare una premeditazione che non esiste».

«Obiezione accolta», disse il giudice.

«Benissimo. Per tornare alla sera dell'omicidio, che cosa ha detto quando è arrivato a casa con la polizia e ha scoperto che Laurence Planter era fuggito?».

«Ho detto: "Questa è la prova. Lo ha ucciso lui"».

«E che cosa ha detto quando sono stati trovati i cinquemila dollari nascosti nel suo materasso?».

«Ho detto: "Questa è la spiegazione. Lo ha ucciso per i soldi"».

«Non era sorpreso, vero?».

«Nella mia professione si cessa di sorprendersi di qualsiasi cosa».

«Posso capirlo. È per la stessa ragione che si cessa di riporre una grande fiducia nel prossimo?».

«Possibile».

«Però ha detto che si è fidato di Laurence Planter – e senza sapere niente di lui oltre al fatto che era stato marinaio».

«Quello che posso dire è solo che mi fidai di lui. Ovviamente».

Galloway gli puntò contro il dito.

«E allora perché ha assunto il detective Broome?».

Bannister sussultò. Sbiancò in viso.

«Abitiamo in una zona piuttosto deserta», cominciò.

«Un momento, prego! Da quanto tempo vive lì?».

«Da otto anni».

«Otto anni! Per otto anni lei ha abitato in una zona "piuttosto deserta" di Long Island. E poi, improvvisamente, qualche settimana dopo aver assunto l'imputato, lei sente il bisogno di mettersi un detective in casa».

«Vostro Onore! Non vedo quale connessione possa esistere tra l'attuale linea di interrogatorio del Procuratore Distrettuale e questo caso. Se non mi fossi fidato del mio autista lo avrei licenziato. Certamente non mi sarei sobbarcato la spesa di un investigatore privato per sorvegliarlo».

Il giudice Ditchburne annuì.

«Il Procuratore Distrettuale è in grado di giustificare queste domande?».

«Vostro Onore, ritengo che l'impiego del detective Broome abbia un rapporto diretto con questo caso, e mi propongo di spiegare quale sia questo rapporto. Adesso».

«Benissimo».

«Mi propongo anche di dimostrare che l'imputato fu assunto per il suo aspetto e per il fisico, e perché non ci si poteva fidare di lui».

«Proceda».

«Non è vero, signor Bannister, che era già ricorso al detective Broome in determinati suoi casi relativi a cause di divorzio?».

«Non ho l'abitudine di accettare cause di quel genere».

«No, ma qualcuna ne ha seguita, vero?».

«Sì».

«E ha trovato utile assumere Broome perché procurasse delle prove, nonostante l'entità delle sue tariffe».

«Sì».

«Lo ha trovato utile perché sapeva che tutta la sua reputazione e formazione aveva a che fare con il procacciamento di simili prove?».

«Sì».

«E lei intende dirci che avrebbe assunto un uomo esperto in divorzi, pagandogli alti compensi, solo per tenere d'occhio la sua casa?».

«In parte, sì».

«Cosa vuol dire, "in parte"?».

Bannister guardò il giudice.

«Mi rifiuto di rispondere, sulla base del fatto che...».

Galloway lo interruppe.

«Esattamente come pensavo! Lei non lo ha assunto affatto per guardare la casa. *Lei lo ha assunto per controllare sua moglie*. Non si fidava di lei e del nuovo autista – ma non voleva nemmeno licenziarlo. Lei *voleva* lasciarli insieme – lei voleva delle *prove*. È per questo che ha assunto Broome – anziché licenziare Laurence. Non è così?».

«No!», esclamò Bannister. «Non ho mai pensato di far controllare Laurence».

«E chi voleva far controllare?».

Bannister non rispose. Fece solo una faccia truce.

Il giudice Ditchburne intervenne.

«Non riesco a vedere alcuna connessione tra questo e il caso in discussione, come il Procuratore Distrettuale ha promesso di dimostrare».

«La connessione risulterà evidente se le domande riceveranno una risposta veritiera».

«Ritengo, dal momento che l'avvocato Bannister si è rifiutato di rispondere in base a motivazioni perfettamente legali, che sia bene abbandonare l'attuale linea di interrogatorio».

«Questo è tutto, allora», disse Galloway. «A lei il teste, avvocato Bannister».

Bannister scese dal banco dei testimoni e si piazzò davanti alla giuria.

«In qualità di avvocato difensore», disse, «desidero porre al testimone, ossia a me stesso, qualche domanda. Perché, vedendo il berretto nella mano di Grisby, ho detto che doveva averlo ucciso il mio autista? Perché questa, al momento, sembrava la spiegazione più logica. Perché ho suggerito di cercarlo immediatamente? Forse perché temevo che lasciasse il paese, come vorrebbe farvi credere il Procuratore Distrettuale? No, è stato perché desideravo sinceramente che venisse trovato al più presto, per chiarire il mistero. Perché, quando sono andato a casa mia per cercarlo con la polizia, e abbiamo scoperto che era fuggito, ho detto:

"Questa è la prova. Ha ucciso lui Grisby"? Perché sembrava del tutto evidente che avesse commesso il crimine, altrimenti perché sarebbe fuggito?

«Ebbene, cosa c'è in questo di tanto incriminante? Lui aveva sparato a Grisby. Lui era fuggito. La difesa non ha mai sostenuto niente di diverso. L'imputato ha reso due confessioni, in questo senso, in cui ammette spontaneamente la circostanza. Ma in ciascuna delle due dichiara che lo sparo era stato accidentale. Lo era stato? Dovevo saperlo. Se volevo assumere la sua difesa, dovevo avere la certezza, nella mia mente, che si era trattato di un incidente – era il mio socio quello che era stato ucciso. Dopo la sua resa volontaria, l'ho interrogato. Ho parlato con lui e mi sono convinto che non aveva avuto nessuna idea omicida premeditata – che era stato un incidente.

«Gli ho chiesto, allora, perché avesse raccontato alla polizia che aveva gettato il corpo nel Sound, quando era evidente che non l'aveva fatto, visto che era stato trovato asciutto in Wall Street. Lui mi ha spiegato che era rimasto frastornato dalle domande con cui i poliziotti lo incalzavano. Ha spiegato anche perché era fuggito quando erano arrivati. Aveva paura che la polizia non avrebbe creduto che si era trattato di un incidente. Ma poi aveva deciso che la linea di condotta più onorevole era mettere tutta la sua fiducia in loro e in voi, la giuria – e quindi costituirsi, in base al suo innato senso dell'onore. Questo è tutto».

Galloway sorrise quando Bannister tornò alla sua sedia.

«Bel discorso», disse alzandosi.

L'avevo pensato anch'io. Per un minuto avevo cominciato a pensare che forse Bannister, dopotutto, sarebbe riuscito a strappare un'assoluzione.

Ma poi Galloway tirò fuori la sorpresa.
«Chiamo a testimoniare la signora Bannister», disse.

3

Lo sapevo quello che stava per succedere, lo sapevo bene. E anche Elsa. Si avvicinò al banco dei testimoni a testa alta, senza guardare nessuno. Si poteva sentire la giuria che tratteneva il fiato quando la vide, tanto era bella.

Galloway si tenne in disparte mentre lei prestava giuramento e poi cercò di fare colpo aiutandola a salire sul banco.

La prima cosa che fece lei fu guardarmi e sorridere. Io mi sforzai di ricambiare il sorriso.

Bannister arrossì. Andava avanti e indietro con lo sguardo, tra lei e me. Non riusciva a capire bene quello che stava succedendo, ma qualsiasi cosa fosse non gli piaceva.

Galloway sorrise a Elsa.

«Dunque, signora Bannister», disse, «vorrei che dicesse alla giuria esattamente che cosa accadde la notte dell'undici agosto, tra le dieci e mezzanotte».

Quella di cui stava parlando era la sera prima della morte di Grisby, quando Elsa e io eravamo stati sulla spiaggia, sdraiati uno tra le braccia dell'altra.

«Mi sembra tutto piuttosto confuso», disse lei. «Non mi pare di ricordare molto della notte del... della notte dell'undici agosto».

«Allora forse posso rinfrescarle la memoria», disse Galloway, «rammentandole che era la notte prima dell'assassinio di Grisby».

«Ah... sì».

«Potrebbe rinfrescarle ulteriormente la memoria sapere

che fu anche la notte in cui Laurence Planter stava facendo gli ultimi preparativi per lasciare il paese».

«Obiezione», disse Bannister. «Mi oppongo alla parola "assassinio" e all'illazione che l'uccisione della vittima fosse premeditata».

«Accolta», disse il giudice Ditchburne. «Il Procuratore Distrettuale eviti di imbeccare la teste».

«Stavo solo cercando di risparmiare tempo», disse Galloway. «I fatti saranno riferiti dalla teste stessa. Proceda, prego, signora Bannister».

«Adesso ricordo. La notte dell'undici agosto, verso le undici, telefonai al signor Planter perché portasse l'auto davanti all'ingresso della casa. Faceva caldo; non riuscivo a dormire. Pensavo che un giro in macchina potesse essere d'aiuto».

«La chiamata ebbe risposta?».

Esitò.

«No», disse.

«E allora lei che cosa fece?»

«Andai al garage per vedere che cosa fosse successo. L'auto era lì. Pensai che forse Laurence dormiva e non aveva sentito il telefono».

«Ed era così?».

«No. Mi stavo avvicinando alla porta, e proprio allora lui uscì».

«Uscì. E che cosa disse?».

«Io... notai che aveva con sé una grossa sacca. Gli chiesi perché non aveva risposto al telefono».

Stava mettendosi nei guai, sì, ma non poteva farci niente. Era sotto giuramento.

«E lui disse... che cosa disse?».

«Disse che stava andando via».

Dal tono in cui le venne fuori, fu una delle cose più incriminanti dell'intero caso.

«Rimase sorpresa?», domandò Galloway.

«Be', sì – lo ero».

«Quindi prima di allora non aveva mai accennato a un simile proposito?».

«No. Si era sempre mostrato molto contento del suo lavoro. Almeno, lo avevo sempre pensato, senza chiederglielo, in realtà».

«E quale motivazione diede per voler andar via?».

«Disse che non era tagliato per fare l'autista, lui era un marinaio. Era una cosa che sentivo per la prima volta».

«Capisco. Cominciava a stancarsi della monotonia di una vita da autista. Voleva vita, azione, avventura. Non voleva arrabattarsi per tutta la vita per miseri diciotto dollari alla settimana. Si trattava di questo?».

«Non... non lo so. Non penso che fosse una questione di soldi, ma piuttosto...».

«Però erano stati i soldi a fargli accettare il posto, giusto?».

«Penso di sì».

«Allora perché decise di gettar via quel denaro?».

«Non lo so. Gliel'ho detto, voleva tornare in mare».

«D'accordo. Allora, mettiamola in un altro modo. Perché decise di rimanere, se aveva deciso di tornare in mare? Tutto mostra che era determinato ad andarsene – il bagaglio con le sue cose, l'uscita furtiva, persino l'insolenza nel rifiutarsi di rispondere al telefono. Perché rispondere se se ne stava andando? Non gli importava di conservare il lavoro, dunque. Eppure... eppure?».

«Mi scusi, non credo di aver capito la domanda».

«Eppure qualcosa lo ha indotto a rimanere. Che cosa?».

«Be' – immagino che fui io a indurlo a rimanere».

Feci quasi un salto per la sorpresa.

«Lei! In che modo?», chiese Galloway.

«Gli dissi che eravamo molto contenti di come faceva il suo lavoro. Gli suggerii che forse si stava comportando avventatamente e che sarebbe stato saggio parlare prima con mio marito – l'indomani mattina».

«Accennò a un aumento?».

«No. Io...».

«Ma era per questo che voleva che parlasse con il signor Bannister, no?».

«No. Glielo suggerii perché ero sicura che per allora l'avrebbe pensata diversamente. In realtà, non attribuivo molta importanza a quella questione, e sono sicura che fosse solo quello – una decisione d'impulso».

«Un altro capriccio, intende?».

Non rispose. Avrebbe potuto peggiorare le cose per me dicendo che avevo bevuto. Di questo nemmeno una parola.

«Bene, mi dica, per favore, signora Bannister. Lo vedeva spesso in compagnia del signor Grisby, vero?».

«Sì».

«Le sembrava che andassero d'accordo?».

«Perfettamente. Almeno, il signor Grisby parlava sempre molto bene di Laurence. Si aspettava grandi cose da lui».

«Ma non quello che poi è successo, immagino. Dunque, la sera del dodici agosto, a che ora arrivò a casa il signor Grisby?».

«Verso le dieci, a quanto mi ha detto la cameriera. Io non ero in casa».

«Capisco. A che ora rincasò?».

«Verso le dieci e mezzo. Il signor Grisby era già andato via, naturalmente».

«Chiamò dalla stazione per l'auto?».

«Sì. Non ebbi risposta».

«Quindi arrivò a casa a piedi dalla stazione?».

«Sì, non è distante, e mi andava di camminare».

«Laurence c'era quando lei arrivò a casa?».

«No, a quell'ora no».

«Quanto tempo occorre per raggiungere in auto la stazione e ritorno?».

«Be', un cinque, dieci minuti».

«Ecco. E a che ora, signora Bannister, Laurence tornò dopo aver accompagnato il signor Grisby alla stazione?».

La guardai dritto negli occhi, pregando. Ma lei non ebbe la minima esitazione.

«Verso le undici – anzi, un po' prima. Non molto. Vidi la sua ombra che si muoveva nel garage. Sembrava che ci fosse qualcosa che non andava; andai a chiedergli se c'erano problemi».

«Sembrava nervoso, spaventato?».

«Sì – ma aveva avuto un incidente con l'auto. Aveva urtato un camion. Tutta la parte anteriore della macchina era ammaccata e il vetro era rotto. Era scosso, naturalmente».

«E disse cosa ne era stato del signor Grisby?».

«No».

«Dunque, lei dice che la notte dell'undici agosto stava per andarsene, e invece era ancora lì la sera seguente, quando il signor Grisby fu ucciso. Immagino, dunque, che effettivamente al mattino parlò con il signor Bannister, come lei aveva suggerito, e che gli era stato offerto un aumento di stipendio?».

«No; non ne parlò con il signor Bannister. Doveva accompagnarci in città la mattina dopo. Per caso arrivai io per prima alla macchina. Laurence mi disse che aveva deciso di rimanere. Naturalmente questo mise fine alla questione; non c'era più motivo di parlarne con il signor Bannister».

«Le disse come mai aveva cambiato idea?».

«No, ma come ho detto la sua era stata una decisione impulsiva».

«Quindi non le spiegò per quale motivo intendeva rimanere?».

«No, ma...».

«Bene, cerchiamo di chiarirla, questa cosa. Lei ha detto che la sera dell'undici agosto chiese la macchina per un giro. Lo fece?».

«Sì».

«Vi fermaste da qualche parte lungo la strada?».

«Be', sì. Faceva molto caldo. Decisi di fermarmi per un po' alla spiaggia».

«Capisco. Lei lasciò l'auto e andò sulla spiaggia?».

«Sì... per un po'».

«E Laurence venne con lei?».

Bannister era tesissimo.

«Be', sì».

Galloway sibilò quasi la domanda successiva.

«La baciò, non è vero?».

L'onda di un mormorio si levò – poi d'un tratto non vi fu neppure un sussurro.

Bannister saltò in piedi.

«Obiezione!», gridò.

«Dovevo immaginarlo che l'avvocato della difesa avrebbe obiettato», disse Galloway suscitando l'ilarità nell'aula. «Prego la teste di rispondere».

Elsa guardò il giudice implorante.

«La domanda è pertinente?», domandò Ditchburne.

«Molto pertinente», disse Galloway. «Voglio sapere perché sta proteggendo questo ragazzo».

«In che senso – proteggendo?».

«Dicendo che era di ritorno alle undici la notte dell'omicidio. Ora, signora Bannister, l'ha baciata quella notte sulla spiaggia?».

Elsa guardò angosciata Bannister, ma lì non c'era speranza. Lui non disse niente.

«La testimone può rispondere», disse il giudice.

Allora Elsa, quasi con violenza, disse: «Sì!».

Bannister si accasciò sulla sedia.

«Ed è per questo che Laurence rimase, non è così?».

«Non lo so...».

«Be', *io* sarei rimasto», disse Galloway.

Il pubblico rise, ma non rise Galloway. Continuò.

«Ed è per questo che lei ha mentito sull'ora del suo ritorno, non è così? Voleva proteggerlo!».

«No!», disse lei. «*Era* tornato prima delle undici. Lo so – ho guardato l'orologio».

«Le ricordo che è sotto giuramento».

«E dico che era tornato prima delle undici. Non le piace la verità perché significa che *non poteva* trovarsi in Wall Street la sera in cui il signor Grisby è stato ucciso – e non c'era!».

Galloway le si fece vicino.

«Signora Bannister», tuonò, «lei è al corrente delle leggi di questo stato contro la falsa testimonianza?».

Mi aggrappai alla sedia con tutt'e due le mani e attesi.

«Sì», scattò lei.

«Ma ammette che la baciò la notte prima?».

«Sì – ma non significava niente».

«Non significava niente! Guardandola, lascio decidere

alla giuria. Ma vorrei anche sottolineare questo punto: Laurence Planter non aveva il becco di un quattrino, come suol dirsi. Anche se lei gli aveva dimostrato un qualche interesse sentimentale, sapeva che dopo tutto lei lo considerava solo un autista. Per conservare il suo interesse, aveva bisogno di soldi – e quando vide il signor Grisby prelevare il denaro dalla banca...».

«Obiezione!», gridò Bannister. «Il commento del Procuratore Distrettuale è una pura e semplice congettura».

«Forse», disse Galloway. «E forse no».

Guardò i giurati per essere sicuro che avessero afferrato la ragione per cui ero rimasto – per assicurarmi l'interesse di Elsa appropriandomi dei cinquemila di Grisby che gli avevo visto prendere in banca. L'avevano afferrato, senza dubbio.

«Bene, la ringrazio, signora Bannister», disse Galloway. «A lei la teste, avvocato Bannister».

Elsa trattenne il fiato. Ci guardammo, e il cuore mi martellava.

Bannister si avvicinò lentamente al banco dei testimoni. Non sembrava aver voglia di interrogare Elsa, ma pensava di doverlo fare, immagino.

«La testimone ha dichiarato», disse, «che Laurence stava per andare via la notte dell'undici agosto e che lei gli consigliò di rimanere. Ha inoltre testimoniato che nel farlo non ha avanzato alcuna promessa di un possibile aumento di stipendio. Non aveva alcun motivo di credere, quindi, che fosse insoddisfatto della paga che riceveva?».

«No, assolutamente nessuno».

«Quindi la testimone è sicura che il denaro, o la sua mancanza, non avesse nulla a che fare con il suo desiderio di andarsene?».

«Sì. Sono sicura che il denaro non aveva nulla a che fare con quello».

«Quindi la testimone è altrettanto sicura che tutto ciò non aveva nulla a che fare con la sua decisione di rimanere?».

«Be'...».

Cominciò a rispondere. Le parole non venivano. Non sapevo se fosse il caldo o se aveva immaginato che Bannister sospettasse che il bacio aveva significato più di quanto lei aveva detto e si stava avvicinando troppo alla verità. Di qualunque cosa si trattasse, gli occhi le si velarono all'improvviso e scivolò dalla sedia.

Saltai su, ma Bannister la sostenne al volo.

«Con il permesso della Corte...», disse. «La testimone non è in grado di continuare. Chiedo un immediato aggiornamento».

«Richiesta accolta», disse il giudice Ditchburne. «La Corte si aggiorna alle dieci di domani mattina».

Li guardai mentre trasportavano Elsa nell'ufficio del giudice. Era proprio svenuta.

Un giornalista dietro di me stava parlando di lei.

«Caspita!», disse. «Pensa, fare l'autista per una dama come quella. E lui che voleva tornarsene in mare!».

«Be', lui sarà stato anche tonto, ma *lei* non lo era, questo è sicuro».

«Che cosa intendi dire?».

«Secondo te per cos'altro lo ha fatto rimanere? Forse è per questo che è svenuta, forse pensava che Bannister stesse per farle qualche domanda troppo imbarazzante».

«Be', una cosa posso dirtela – se lo friggono sulla sedia, faccio domanda io per quel posto. Hai notato i suoi occhi?».

«Sì, proprio gli occhi!».

Scoppiarono a ridere, ma smisero quando mi voltai.

«L'avete capita male», dissi. Avrei voluto spaccargli la faccia, ma la guardia mi tirò via.

«Ok», disse uno. «Se non lo sai tu, chi lo può sapere?».

«Puoi dirlo forte», feci io.

4

Durante tutto il giorno seguente e quello dopo, Galloway snocciolò un testimone dopo l'altro. Ognuno di loro rendeva la mia situazione sempre più brutta.

Steve Crunch, il camionista, lasciò capire che dovevo essere ubriaco la sera dell'omicidio, altrimenti non sarei mai finito contro il suo mezzo – certamente non con le luci di posizione accese.

L'uomo che era arrivato in accappatoio sulla spiaggia qualche momento dopo che avevo sparato il colpo, ne fece una gran scena. Disse di avermi strappato la pistola di mano e ripeté quello che avevo detto io, che avevo sparato per cavarmi uno sfizio.

Il medico di Grisby, che aveva fatto l'esame del suo sangue, disse che corrispondeva a quello che si trovava sul denaro che avevo nascosto e anche al sangue che avevo cercato di lavare via dall'auto. E io che ero stato attento a non lavorare troppo di fino, perché le macchie potessero essere analizzate!

Poi Galloway chiamò a deporre la guardia della banca. Disse che mi aveva notato in particolare perché gli ero parso agitato.

Dimostrò in maniera convincente per tutti che ero stato

lì a guardare mentre Grisby prelevava i cinquemila dalla banca; a Bannister non fu possibile mettere in dubbio la sua identificazione.

Molti altri seguirono – persone che non avevo mai visto, ma che avevano visto me, e se ne ricordavano. Ognuno di loro fu una mazzata per me.

Quando ebbero finito tutti, Galloway fece un piccolo cenno del capo ai giurati, come se stesse facendo loro un bel regalo, il caso impacchettato e infiocchettato con un nastro di seta. Quindi guardò il giudice Ditchburne.

«Il Popolo ha finito», disse.

Così. Non una parola sul fatto che la pistola nell'auto era diversa da quella usata per uccidere Grisby. Non una parola su come avesse fatto Grisby a comparire giù in Wall Street, morto e asciutto, quando io lo avevo lasciato sulla spiaggia o lo avevo gettato nel Sound (a seconda di quale delle mie confessioni intendessero, eventualmente, prendere sul serio). Non una parola su come avesse fatto il motoscafo a tornarsene al pontile.

«Come mai?», chiesi a Bannister.

«Ne parlerà nelle conclusioni. Vuole vedere prima che cosa intendo fare io».

«Bene», dissi, «lei che cosa intende fare?».

«Non c'è molto che io possa fare, se non cercare di sollevare un ragionevole dubbio sulla tua colpevolezza. Ne abbiamo già parlato».

«Sì, sì, lo so. Ma come lo farà? Questo mi domando».

«Stai a vedere».

Galloway aveva raggiunto il suo tavolo e aspettava che Bannister iniziasse, sorridendo alla giuria per mostrare quanto fosse soddisfatto di sé. Il sorriso sembrava dire: "Non permettetegli di prendervi in giro. Farà del suo meglio, è pagato per questo, ma non ha la minima possibilità se non gli permettete di prendervi in giro. Il ragazzo è colpevole che più non si può, e lo sanno tutti, lui compreso".

Bannister si alzò e si rivolse al giudice.

«Vostro Onore», disse, «avanzo la mozione che il caso contro l'imputato venga dichiarato nullo per mancanza di prove».

Vi fu un sussulto che iniziò da Galloway e si trasmise a tutta l'aula fino al giudice.

«Respinta», disse seccamente.

Bannister fece una faccia sorpresa. Doveva essere una scena. Persino io non ero sorpreso. Di prove ce n'erano a sufficienza per mandarmi sulla sedia una dozzina di volte, e Bannister lo sapeva.

La cosa buffa – se la si può chiamare buffa – era che Grisby conosceva tutti i trucchi e li aveva usati dal primo all'ultimo per mettere insieme le prove contro di me. E ora ecco qui Bannister, il suo socio, che chiedeva al giudice di annullare il processo per mancanza di prove – battendosi contro il suo socio senza saperlo. O lo sapeva?

In ogni caso, non era andato molto lontano.

«Benissimo», disse. «Come vuole la Corte – signore e signori della giuria. Tenterò di dimostrare che il caso contro il mio cliente è puramente circostanziale, che esiste sicuramente un ragionevole dubbio sulla sua colpevolezza, almeno riguardo all'accusa di omicidio volontario, e che l'unica accusa contro di lui può essere quella di omicidio accidentale o giustificabile. Innanzitutto chiedo al Procuratore Distrettuale di produrre il proiettile fatale».

Era il proiettile usato per uccidere Grisby. Bannister lo prese e lo fece rubricare come Reperto A della difesa. Quando fu etichettato, lo mostrò alla giuria. Quindi chiamò a deporre il perito balistico e gli fece testimoniare che il proiettile fatale non era stato esploso dalla pistola che si sapeva essere in mio possesso.

«Ora», disse, «non è intenzione della difesa cercare di dimostrare che Laurence Planter, l'imputato, non ha sparato a Lee Grisby. Questo è stato ammesso. Lo scopo è dimostrare che fu un incidente e niente più, nel qual caso voi, la giuria, dovete rendere un verdetto di "Non colpevole". Avete appena appreso che lo Stato non ha neppure la prova della pistola che è stata usata. Come può dunque provare che sia stato lui a sparare a Lee Grisby, e ancor più che lo abbia fatto di proposito, con l'intenzione deliberata di rapinarlo, come sostiene il Procuratore? La verità è che *non può* dimostrarlo. Sta semplicemente accettando la dichiarazione dell'imputato stesso, resa nella sua confessione spontanea, che gli ha sparato».

Naturalmente, quando fu il suo turno, questo argomento Galloway lo fece a pezzi. Rigirò la faccenda della pistola mancante in modo da convincere la giuria che avevo sparato a Grisby di proposito, dopo una deliberata e premeditata programmazione, altrimenti perché una seconda pistola? E dov'era questa seconda pistola? Potevo – *volevo* – presentarla? Ovviamente no. L'avevo gettata via, come avrebbe fatto qualsiasi assassino, nella palude o nel Sound. L'idea dell'incidente, un trucco per imbrogliare la giuria, era venuta in seguito, dopo che ero stato catturato. No, era chiaramente un caso di omicidio premeditato, e la seconda pistola non faceva che dimostrarlo. Ma questo venne più tardi.

Bannister procedette.

«E come spiega il Procuratore Distrettuale il fatto che il corpo fu trovato in Wall Street? I testimoni dell'accusa, nelle loro deposizioni giurate, hanno dimostrato che sarebbe stato assolutamente impossibile per l'imputato aver portato lì il corpo con il motoscafo e poi essere tornato indietro. Eppure su questo non si dice una sola parola, e perché? Perché si sa che non c'era tempo per il viaggio di andata e ritorno – *e la barca era ormeggiata al pontile della mia spiaggia*».

Chiamò dei testimoni per dichiarare quanto tempo ci voleva per fare il viaggio – almeno mezz'ora per andare e altrettanto per tornare, e soltanto un esperto avrebbe potuto farlo. Galloway rigirò anche questo e peggiorò ancor più le cose per me. Usò l'idea di McCracken che avessi lasciato Grisby per morto sulla spiaggia, e che fosse arrivato lui stesso a Wall Street con il motoscafo. (Come questo fosse tornato non aveva importanza, disse, perché la polizia aveva controllato se era al pontile solo dopo le due del mattino seguente, lasciandomi tutto il tempo per riportarlo indietro *dopo* che la signora Bannister mi aveva visto al garage alle undici, sempre che stesse dicendo la verità.) E l'idea che seminò nella mente della giuria fu che avevo lasciato che un uomo morisse dissanguato sulla spiaggia *senza fare nulla per soccorrerlo*.

«Questo non mostra l'intenzionalità? Non mostra una atroce crudeltà mentale, quel genere di sangue freddo necessario per progettare questa cosa, progettarla in tutti i suoi macabri particolari, per la misera somma di cinquemila dollari?».

Questo, come la faccenda della pistola, venne nelle conclusioni di Galloway. Per il momento Bannister stava chiudendo la sua arringa. Stava offrendo alla giuria un elaborato discorso che suonava bene ma non diceva nulla, se non che dovevano mettersi nei miei panni. Sì, come no!

Mi voltai a guardare Elsa. Tutto il resto sfumò, e capii

che così era anche per lei. E d'un tratto le salirono le lacrime agli occhi.

Mi voltai proprio mentre Bannister improvvisamente diceva: «La difesa ha concluso».

Per un secondo il silenzio fu assoluto. Poi Bannister se ne tornò zoppicando al tavolo e nell'aula si accese un intenso brusio.

Galloway saltò su. Si pose di fronte al giudice Ditchburne.

«Vostro Onore», disse, «signore e signori della giuria. Avete ascoltato le prove a carico. Sono schiaccianti. Niente di quello che l'avvocato della difesa ha detto ha modificato di una virgola l'autentica direzione di quelle testimonianze. Esaminiamo uno per uno i suoi punti».

Fu qui che cominciò a fare a pezzi tutto quello che aveva detto Bannister, rivolgendolo contro di me. Non ci volle molto. E poi andò al tavolo dov'erano i reperti e prese il berretto. Lo portò alla balaustra che correva davanti al banco dei giurati. Vi si appoggiò e parlò rivolgendosi a turno a ciascuno dei giurati.

«La difesa cerca di farvi credere che l'uccisione di Lee Grisby è stata accidentale. L'intero impianto difensivo è basato su questo punto. Ci dice che abbiamo solo prove circostanziali a sostegno della nostra convinzione che l'uccisione, ben lungi dall'essere stata accidentale, è stata un omicidio commesso a sangue freddo. È naturale che abbiamo solo prove circostanziali per dimostrarlo. Novantanove casi di omicidio su cento sono basati sullo stesso genere di prove. Come potrebbe essere diversamente? È difficile che qualcuno se ne vada in giro a commettere omicidi sotto gli occhi della polizia. E dovrebbero essere lasciati liberi, per uccidere ancora, perché nessuno li ha visti direttamente premere il grilletto? La difesa non è così ingenua – e anche se lo fosse, *la giuria* non lo è».

Si fermò e tenne alto il berretto perché lo vedessero tutti.

«Ma anche ignorando le deposizioni giurate dei testimoni», proseguì, «qui c'è un testimone muto – ma un testimone che vi dice tutto ciò che avete bisogno di sapere. Signore e signori, qui c'è la prova definitiva che l'uccisione di Lee Grisby è stata un omicidio commesso intenzionalmente».

Di che cosa stava parlando? Persino il giudice appariva incuriosito.

«Perché», tuonò Galloway, «se lo sparo fosse stato accidentale, *Grisby non avrebbe avuto con sé questo berretto*. Non avrebbe avuto alcun motivo per tenerselo stretto. La sua lucida mente legale avrebbe pensato di risparmiare questo giovanotto, non di *incriminarlo*. E invece lo vediamo allontanarsi barcollando, consapevole di essere mortalmente ferito. Lo vediamo, ciononostante, stringere a sé negli ultimi spasimi dell'agonia questo particolare elemento di prova che sapeva con certezza avrebbe raccontato al mondo la sua storia – la cupa silenziosa *prova* che era stato assassinato, la cupa silenziosa prova di chi era l'assassino, l'omicida che siede, bianco in volto e rannicchiato su se stesso, davanti ai vostri occhi adesso, *Laurence Planter*!».

Saltai su come se fossi stato scaraventato via da una scarica della stessa sedia elettrica.

«Un momento!», gridai. «Io...».

Il giudice picchiò con il martello. Nello stesso tempo Bannister mi afferrò per il braccio e cercò di tirarmi di nuovo giù a sedere.

«Stai seduto, imbecille», disse. «Stai seduto! Adesso per lo meno hai una possibilità. Non buttarla via».

Mi divincolai.

Il giudice Ditchburne mi guardò severo.

«Se per cortesia l'imputato...».

«Ascoltate!», gridai al di sopra del trambusto.

La guardia mi spinse sulla sedia. Mi teneva per un braccio. Bannister per l'altro.

Il giudice continuava a picchiare per imporre l'ordine.

«Se capisco bene, l'imputato intende rendere una dichiarazione?».

Cercavo di alzarmi.

«Sì!», urlai.

«Penso che se il suo avvocato avesse ritenuto fosse suo interesse farla testimoniare, l'avrebbe chiamata al banco al momento opportuno. Stando così le cose...».

«Non m'importa quello che ha pensato lui», dissi. «Io non voglio altro che la possibilità...».

«Benissimo, allora, se l'avvocato lo desidera, concederò una breve sospensione per consultazione. Vorrei solo dire all'imputato che fin qui l'avvocato Bannister ha condotto il caso con grande abilità, date le circostanze, e farebbe bene a sconsigliarle di mettere a repentaglio l'esito con un'iniziativa intempestiva. Se volete, potete venire a discutere della questione nel mio studio».

«Grazie, Vostro Onore», disse Bannister. Mi fissò con uno sguardo durissimo.

5

Entrammo nello studio del giudice e rimanemmo a guardarci negli occhi. Bannister era così furioso che gli tremava il naso.

Il giudice raggiunse un divano di pelle rossa e si sistemò per un sonnellino.

«Prendetevi tutto il tempo che vi serve», disse. «Non voglio che facciate niente di cui potreste pentirvi».

Si mise a dormire.

«E adesso?», chiese Bannister. «Te l'avevo detto perché non volevo chiamarti a deporre. Non servirà ad altro che a fare il gioco di Galloway!».

«Ascolti», dissi io. «Lei è stato bravissimo. Nessuno avrebbe potuto fare meglio. Ma se la giuria si ritira adesso, per come stanno le cose mi manderanno dritto sulla sedia. E cos'altro posso fare se non dirgli quello che è successo veramente?».

«Be'», fece lui, «e che cosa è successo veramente?».

«Gliel'ho detto – Grisby voleva liberarsi della moglie. Ha scelto questo modo per farlo».

«Non ci crederanno mai. Segui il mio consiglio e tieniti stretto alla tua versione dell'incidente».

«E se non lo faccio?».

«Se non lo fai per me il caso è chiuso – adesso».

Entrò Elsa. Appariva angosciata – molto.

«Sei sicuro che fai bene ad andare alla sbarra?», mi chiese.

«È la mia sola possibilità».

«Be', finché sono io il suo difensore, non lo farà», disse Bannister. «Certamente non con la storia della moglie di Grisby. Galloway lo sa che non era sposato. Ci ridurrebbe in briciole».

«Ma si tratta della sua vita», disse Elsa. «Se sente che deve parlare è un suo diritto. Solo che...».

«È un suo diritto», la interruppe Bannister, «ma se lo fa, io lascio. E per lui è finita – lo condanneranno sicuramente».

«No», dissi io. «Quando avrò detto tutto no».

Bannister si avviò verso la porta. Poi si fermò e si voltò. «Con quale assurdo ragionamento sei arrivato a questa conclusione?», chiese. Scosse la testa tristemente. «No, chiederò alla Corte di nominarti un difensore d'ufficio. Se vuoi parlare... va bene. Ma io lascio».

«Marco...», disse Elsa, «ti prego...».

«Rimarrà», dissi io. «Rimarrà perché dirò alla giuria esattamente quello che è successo – chi ha ucciso Grisby, e perché. Traccheggiavo quando ho detto che avrei parlato della moglie di Grisby. Quello che dirò adesso sarà la verità».

«Parli come un bambino. Andiamo, Elsa».

«Sta bene», dissi. «Ma se se ne va sembrerà che non vuole farmi parlare – e per un buon motivo».

«Sì?».

«Sì – che Grisby lo ha ucciso lei!».

Bannister rimase a bocca aperta. Elsa lo guardò fisso, poi guardò me. Non era sorpresa, solo spaventata.

«Vuoi dire», replicò lui, «che davvero intendi salire sul banco e raccontare una simile incredibile... andiamo, ne abbiamo già parlato; ti ho spiegato allora quanto fosse assurda. Ti riderà dietro tutta l'aula».

«Per me va bene», dissi. «Comunque, voglio vedere».

Bannister rifletté per un momento, pizzicandosi il naso. Poi si strinse nelle spalle.

«Ok», disse. «Ma ti ho avvertito».

Il giudice fece un verso e si svegliò.

«Andiamo», dissi io.

Mentre uscivamo dietro Bannister, Elsa mi prese la mano e me la strinse.

«Lo so che andrà tutto bene», disse. «Lo so!».

Mi fecero giurare e salii sul banco dei testimoni.

«L'imputato può procedere», disse il giudice Ditchburne.

Dissi tutto, esattamente come avevo vuotato il sacco con Bannister nella lettera che gli avevo scritto e che in seguito avevo strappato. Dissi che doveva aver letto il messaggio, e che doveva aver teso un agguato a Grisby...

Quando mi spinsi fin lì, l'aula cominciò a mormorare. Il giudice mi guardò e pestò con il martelletto come se fosse me che stava picchiando.

«Dovrei intendere», chiese adirato, «che sta confessando di aver partecipato a un complotto per uccidere il suo avvocato?».

«Sì. Solo che non è che volessi farlo. Dovevo farlo. Grisby disse che mi avrebbe ammazzato se non lo avessi fatto».

«E inoltre dovrei intendere», disse, «che ora lo sta accusando di aver ucciso lui stesso Grisby?».

Mi alzai a mezzo dalla sedia.

«Sì», gridai. «Bannister ha ucciso Grisby! È questo quello che volevo dirvi!».

Ora l'aula era in tumulto. Tutti guardavano Bannister. Lui se ne stava seduto lì, assolutamente impassibile.

Il giudice impose il silenzio con il martello. Continuai.

«Mi disse che la giuria non ci avrebbe creduto se avessi detto di non aver sparato a Grisby. Disse che la nostra sola possibilità era fingere che gli avevo sparato, e che era stato un incidente. Bene, io non gli ho sparato – né con la pistola dell'auto né con un'altra pistola. Non gli ho sparato per niente. Se n'è andato via sulle sue gambe. A Wall Street c'è arrivato da solo, con la barca – per uccidere Bannister. Nessuno avrebbe pensato che era stato lui se ufficialmente era morto – questa era l'idea. Ma era appena arrivato giù a Wall Street che Bannister lo ha ucciso».

Ero scombussolato, e lo erano tutti, persino il giudice. Guardò Bannister quasi con l'aria di chiedergli scusa.

Bannister si alzò. Non si era scomposto minimamente. Sorrise al giudice Ditchburne e poi guardò Galloway.

«Con il permesso della Corte...».

Anche Galloway si alzò.

«Ma questo è un insulto», esclamò. «Si tratta palesemente di un tentativo disperato all'ultimo minuto. Chiedo a Vostro Onore di non tener conto...».

«Vostro Onore», disse Bannister, «chiedo che all'imputato venga permesso di continuare, che la giuria non abbia alcun sospetto che gli sia stato negato qualche suo diritto».

«Benissimo», tuonò il giudice Ditchburne. Parlava come se stessi accusando lui. «L'imputato può procedere».

«Adesso capisco», proseguii, «perché Bannister mi consigliò di dichiararmi colpevole e di non allontanarmi dalla storia dell'incidente. Era per proteggere se stesso. La polizia aveva indagato sulla possibilità che potesse essere stato lui e lo aveva trovato completamente innocente. Magnifico – così era perfetto. Non voleva che approfondissero la cosa, se è questo che intendevano fare. Non voleva che venissero a sapere dell'esistenza dell'ingresso posteriore dell'edificio dove lui e Grisby avevano gli uffici. Quello che Grisby aveva fatto era stato lasciare la porta aperta, per poter salire da Bannister senza che il custode notturno se ne accorgesse. Di solito veniva tenuta chiusa a chiave.

«Bene. Bannister sapeva quello che aveva intenzione di fare Grisby. Quando se ne fu andato, raggiunse anche lui la porta posteriore e aspettò giù al porto che comparisse

Grisby. Poi lo uccise, sparandogli dalla stessa angolatura da cui sarebbe stato colpito se lo avessi ucciso io accidentalmente nell'auto, così che tutto mi accusasse. Sapeva dalla lettera che sarei stato sospettato, se avessi seguito il piano. E sapeva dal berretto che Grisby aveva in mano che l'avevo seguito. Grisby lo aveva preso per lasciarlo sul luogo del delitto, in modo che io fossi sospettato di aver ucciso Bannister. Poi avrei dimostrato che non potevo aver ucciso Bannister raccontando che avevo ucciso Grisby. Questo avrebbe stabilito la morte di Grisby, e provato che lui non poteva aver ucciso Bannister – se lui stesso era morto più o meno in quel momento, a venti miglia da lì.

«La polizia dice di avere indagato in questa direzione – l'ipotesi che potesse averlo ucciso Bannister, voglio dire. Ma è vero? Quale alibi ha lui? Solo il fatto che era nel suo studio quando il custode lo chiamò per dirgli di Grisby, e che il custode non lo aveva visto uscire dal palazzo prima di quel momento. Certo che era lì quando il custode chiamò. Aveva avuto tutto il tempo, prima che Grisby fosse trovato lungo disteso nella strada. E certo che la porta era chiusa a chiave quando la polizia controllò – pensate che si sarebbe dimenticato di chiuderla quando rientrò nell'edificio dopo aver ucciso Grisby? Aveva pensato a ogni cosa».

Il giudice Ditchburne si protese in avanti, la faccia più rossa che mai.

«Ha qualche prova di tutto questo?», chiese. «Se non ne ha...».

Scattai.

«Certo che non ho nessuna prova», dissi. «Il novanta per cento degli omicidi vengono commessi senza testimoni. Se ci fossero testimoni, non verrebbero commessi. Lo chieda a Galloway. Sto solo dicendo che l'accusa contro Bannister è più fondata dell'accusa contro di me. Bannister dice che nessuna giuria può condannare se c'è un ragionevole dubbio sulla colpevolezza. Io sto dimostrando che c'è un ragionevole dubbio sulla mia colpevolezza – e che Bannister aveva ogni ragione per uccidere Grisby e che io non ne avevo nessuna, a meno che non si fosse trattato di un incidente, e vi sto dicendo che non lo fu, perché non gli ho sparato affatto».

Galloway sorrise e venne verso di me.

«Con il permesso di Vostro Onore, vorrei fare una domanda all'imputato».

«Certamente».

«Perché il signor Grisby avrebbe voluto uccidere il signor Bannister – questo può dircelo?».

«Non gliel'ho chiesto. Ma ha detto che ne avrebbe ricavato un mucchio di quattrini. E avevano un'assicurazione tra loro di centomila dollari – un'assicurazione societaria».

«Ma se Grisby doveva essere morto anche lui, come poteva pensare di incassare l'assicurazione?».

«Non lo so», dissi.

«Ma, a proposito di denaro, anche *lei* avrebbe ottenuto una grossa somma – e la ottenne. Cinquemila dollari!».

«Me la diede lui! Non fui io a prenderla!».

«Ma la nascose nel materasso, no?».

«Sì, ma...».

«Non ho altre domande».

Ed ecco che Galloway faceva da difensore a Bannister – questa era proprio bella!

«Ascoltatemi!», dissi. «Tutta questa storia sul perché Grisby abbia fatto quello che ha fatto, e su come Bannister lo abbia preso in contropiede, è compito vostro e della polizia spiegarlo. Io sto solo dicendo in che modo dev'essere successo, perché *io* non sono stato, e se non sono stato io, chi può essere stato? Solo Bannister, perché era l'unica persona, a parte Broome e me, che poteva sapere del piano di Grisby di ucciderlo. È per questo che ha ucciso Broome – per impedirgli di parlare. Broome doveva aver visto la lettera che avevo lasciato prima di portare la signora Bannister fuori per il giro in macchina. Dev'essere stato così che Bannister ha scoperto quello che Grisby aveva in mente di fare – glielo ha detto Broome. E così se Bannister ha ucciso Grisby, doveva uccidere anche Broome, no? Se non lo avesse fatto, appena si fosse saputo dell'omicidio, Broome avrebbe detto alla polizia che doveva essere stato lui ad anticipare Grisby.

«Bene, avrebbe potuto Bannister uccidere Broome? Facilmente. Era con la polizia quando arrivarono alla casa per prendermi. Mi spaventai e mi avviai alla finestra per scappare. Broome mi vide e dovetti stenderlo con un pugno per impedirgli di fermarmi. Lo colpii, certo, ma non avevo il tempo di strangolarlo. Ma la polizia, inseguendo me, diede a Bannister il tempo di farlo. Forse non lo avrebbe fatto, ma era troppo facile per lasciarsi sfuggire l'occasione. Con Broome svenuto, perché correre il rischio che parlasse?».

Galloway saltò su di nuovo.

«Vostro Onore», disse, «qui non stiamo discutendo dell'omicidio del detective Broome. Io penso...».

«L'imputato voglia limitare i suoi commenti al caso di Lee Grisby», disse il giudice.

«E l'imputato voglia anche ricordare», aggiunse Galloway, «che è lui sotto accusa per l'omicidio di Lee Grisby, non il suo avvocato».

Guardai i giurati. Distolsero lo sguardo, uno dopo l'altro. Sembrava che per qualche motivo ce l'avessero con me perché accusavo Bannister. La cosa mi mandò il sangue alla testa.

«Ascoltate!», dissi. «Non ho ucciso Grisby. Non gli ho mai sparato. Vi ho detto la *verità*...».

Mi guardarono come se non mi vedessero.

Mi arresi.

«Questo è tutto», dissi. «Solo che... solo che...».

Mi sentivo soffocare. Non riuscii a tirar fuori un'altra parola. Scesi dal banco e tornai a sedermi accanto a Bannister.

«Bene, adesso l'hai fatto», disse lui. «Il primo caso di questo genere che io abbia perso, tra l'altro».

Sembrava non provare il minimo risentimento nei miei confronti né per aver partecipato al complotto contro di lui né per averlo accusato in pieno tribunale.

Galloway si alzò.

«Con il permesso della Corte, ho alcuni commenti conclusivi da esporre alla giuria».

Il giudice annuì.

«L'integrità dell'avvocato della difesa è fuori discussione», disse Galloway. «La polizia e l'ufficio del Coroner e il Grand Jury hanno svolto ciascuno indagini accurate e a tutto campo prima di formulare le accuse contro l'imputato. Penso che possiate tranquillamente catalogare i suoi commenti, quindi, come un disperato tentativo di mettersi in salvo all'ultimo minuto arrampicandosi sugli specchi, e formulare in tutta equanimità un verdetto di colpevolezza».

«Allora devo intendere», disse il giudice, «che nonostante i rilievi dell'imputato, il Procuratore Distrettuale non desidera che sia emesso un mandato...».

«Assolutamente no», disse Galloway. «Lo Stato considera chiuso il caso».

Il giudice Ditchburne apparve sollevato.

«Benissimo, allora», disse. «Non ho altra scelta che dare istruzione alla giuria di ritirarsi e di formulare un verdetto basato sui fatti che sono a sua conoscenza. Devo solo aggiungere...».

E procedette a spiegare alla giuria esattamente quali erano i verdetti possibili.

Nell'uscire, i giurati si accalcarono con tanta foga che si pestarono quasi i piedi a vicenda.

«Dunque lei pensa che mi condanneranno», dissi a Bannister.

«Ne sono sicuro. Il fatto stesso che hai ammesso di avere partecipato a un complotto omicida contro di me, anche se al momento ti trovavi a miglia di distanza e non hai commesso quello specifico reato, è sufficiente a mandarti sulla sedia elettrica. Te l'avevo detto».

Cominciò a sistemare le sue carte, lasciandomi solo. Mi guardai intorno. Elsa era seduta a testa bassa. Tutti gli altri chiacchieravano e ridevano.

6

La giuria tornò prima che io fossi pronto. Erano stati fuori solo diciotto minuti.

Il cuore mi batteva così forte che mi sentivo scuotere tutto. La vista era annebbiata. Qualunque cosa fosse successa, non volevo farlo vedere.

Un silenzio teso cadde all'improvviso sulla sala, un silenzio in cui si poteva udire solo il rumore delle dita di Bannister che tamburellavano sul tavolo.

Non ero pronto. Le mani e il viso grondavano di sudore. Mi guardai intorno verso il posto dove prima era seduta Elsa. Non c'era. Poi la vidi, vicina a me. Sorrideva. Guardai altrove e tornai a guardare. Non sorrideva affatto. Piangeva. O forse questa volta era solo la nebbia attraverso cui la vedevo. Un momento tutto era chiaro, un attimo dopo le pareti, il soffitto, i banchi, le persone, tutto era un miscuglio che sguazzava.

Il cancelliere si fece avanti. Aveva un taglio di capelli alla militare e lanciava le parole come dando ordini.

«La giuria si alzi».

Si alzarono.

«Avete raggiunto l'accordo sul verdetto?».

Il portavoce si schiarì la gola.

«Sì», disse.

Il cancelliere mi guardò come un domatore che schiocca la frusta.

«L'imputato si alzi!».

Mi alzai. Era come trovarsi in un ascensore che sprofonda. Ondeggiai e dovetti reggermi al tavolo. Mentre la mia mano scendeva, Bannister tirò via la sua.

«La giuria guardi l'imputato. L'imputato guardi la giuria. Cosa dite: Colpevole o Non colpevole?».

Vidi il portavoce formare la parola prima di sentire il suono – come dicono che capiti con un proiettile, lo vedi prima di sentire lo sparo.

«*Colpevole!*».

La sentenza formale arrivò in seguito. Mi fecero passare attraverso la stessa porta di sbarre d'acciaio e mi tennero in piedi davanti al giudice – non Ditchburne, questa volta.

«Laurence Planter», disse, «lei è stato condannato per l'omicidio di Lee Grisby, ed è mio dovere ora comunicarle la sentenza».

«Sì, signore», dissi. «Solo che non sono colpevole. Non l'ho ucciso né accidentalmente né in altro modo. È come ho detto...».

Mi guardai intorno nell'aula. Qualcuno doveva credermi. Ma c'erano solo poche persone sedute lì. Non alzavano quasi neppure lo sguardo. Un uomo stava facendo addirittura colazione.

Il giudice continuò, come se neanche lui mi avesse sentito.

«Questa corte ha sentenziato che lei sia trasferito al carcere di Sing Sing e lì posto in isolamento e che, durante la settimana del sei febbraio, sarà messo a morte secondo il metodo prescritto dalle leggi di questo Stato».

Spalancai la bocca.

«Ascolti!», dissi. «Io...».

Il giudice si rivolse al cancelliere.

«Il prossimo!».

In cella, le parole continuavano a martellarmi all'infinito nella testa, ogni volta più forti, anche più forti di quando lui le aveva pronunciate.

"*... che, durante la settimana del sei febbraio, sarà messo a morte secondo il metodo prescritto dalle leggi di questo Stato*".

Io – io!

Io che non avevo mai ucciso nemmeno un topo, né rotto l'ala a un uccello...

PARTE QUINTA

1

Otto febbraio – la cella della morte!

Ancora trentatré ore, ventidue minuti, quindici secondi.

Le esecuzioni erano fissate per giovedì sera alle sette. Ce n'erano in programma altre due oltre alla mia. Chi sarebbe stato il primo giù nella "sala da ballo" non lo sapeva nessuno di noi. Probabilmente io. Non ero andato in pezzi – non ancora.

Ormai solo il Governatore poteva fermare la cosa. Oppure la confessione di quello che aveva realmente ucciso Grisby. Perché io non lo avevo ucciso, voi lo sapete che non lo avevo ucciso. Tutti gli altri pensavano di sì. Tutti tranne Elsa.

Persino il giudice che mi aveva letto la sentenza diceva che non era giusto. Non diceva che ero innocente, solo che non era giusto. Il motivo per cui aveva abbaiato "Il prossimo!" era che non c'era niente che lui potesse farci. I giornali riferirono il giorno dopo quello che pensava davvero... forse lo avete letto:

> In seguito alla formalizzazione della sentenza di morte contro Laurence Planter, ieri, il giudice O'Connell ha espresso un sorprendente commento sul valore per la società della pena di morte. Il suo parere è destinato indubbiamente a suscitare ampie reazioni. Il giudice O'Connell ha dichiarato quanto

segue: “Nell’emettere il verdetto e la condanna, la Corte riscontra un conflitto tra il suo pubblico dovere e la sua coscienza privata. Vi sono molti residui di tempi barbari e medioevali che a volte fanno dubitare del progresso della civiltà. La filosofia della vita-per-una vita è una rimanenza del feudalesimo. Non abbiamo scoperto uno stato ideale esente dal crimine in cui le corrosive passioni della gelosia, dell’invidia e dell’odio e i mali che le accompagnano non esistono. Che un debito verso la società possa essere pagato da un essere umano messo a morte è una filosofia incrostata di futilità sociale. Il verdetto di condanna a morte per Laurence Planter, in un caso ancora pieno di misteri irrisolti e di intere fasi inspiegate e ancora non esplorate, ha suscitato un’opinione parimenti divisa sulla sua severità e sulla sua idoneità. Ma è legge di questo Stato che l’unica via di clemenza aperta per l’imputato oltre all’appello, è attribuita legalmente all’autorità esecutiva dello Stato, che ha il potere di commutare la sentenza o anche di concedere la grazia”.

Bannister in quel momento era a colloquio con il Governatore. Avrebbe ottenuto la grazia? E l’avrebbe *voluta*?

Il giudice O’Connell era stato attento a mantenere pulito Bannister. Diceva che aveva condotto il processo “in maniera esemplare, tanto dal punto di vista legale quanto da quello etico”.

Certo, l’aveva fatto – perché no? Sapeva da sempre quale sarebbe stato il verdetto. Le accuse contro di me erano così solide che non aveva avuto bisogno di metterci del suo per essere sicuro che mi condannassero.

O su di lui avevo sbagliato tutto? Forse alla fin fine non aveva ucciso lui Grisby – o Broome. Forse era vero che il mio era stato un disperato tentativo di arrampicarmi sugli specchi quando avevo detto che era stato lui.

Ma non lo credevo. Poteva anche essere che mi stessi aggrappando a degli esili appigli – chi non lo avrebbe fatto? Ma erano gli appigli giusti, ne ero sicuro. Solo – come potevo provarlo?

Le tre.

Tutto era pronto. Tutto tranne me.

Cominciai a sudare, a tremare.

Perché non arrivava? Provavo lo stesso senso di panico che mi aveva assalito mentre aspettavo che arrivasse la polizia la sera in cui avevo "ucciso" Grisby. Solo che allora ero fuggito, ero fuggito nella palude.

Ora non potevo fuggire.

«Molti vivono solo quando stanno per morire».

Era buffo. Non avevo prestato molta attenzione a Bannister la sera in cui aveva fatto il suo predicozzo sulla spiaggia. Era ubriaco, penso che fosse per questo. Ma non c'era niente di quello che aveva detto che avessi dimenticato, me ne accorgevo adesso.

E poi la sera dopo sulla spiaggia, con Elsa. Se quello che lui aveva detto sul "cogliere il momento" non mi fosse entrato dentro un poco – più di quanto pensassi – forse non avrei mai fatto con lei quello che avevo fatto, e allora questo non sarebbe successo. Perché non sarei rimasto lì, nonostante quello che Grisby minacciava di farmi se non fossi arrivato fino in fondo.

Non mi sarei svegliato nemmeno. Non che ora avesse molta importanza. Mi avrebbero ammazzato proprio quando cominciavo a vivere. Come Bannister – ricordate? – quando parlava di quello che lo rendeva così cinico.

"Amaro!", aveva detto alle onde. "Chi sa come mai sono amaro... Perché, svegliato, ero ansioso di afferrare i frutti prima che fosse troppo tardi. E allungandomi a coglierli – che cosa successe? Una bomba, un'esplosione di rosso – l'intero cielo un vortice di rosso – buio totale – una gamba storpia – i frutti negati".

Ma almeno lui non lo avevano ucciso quando si era svegliato. Per lui c'era ancora la possibilità di rimediare in qualche modo, nonostante la gamba. Una volta morto, non fa più molta differenza se sei sveglio o se dormi. O forse stavo diventando cinico anch'io.

Tutto quello che sapevo, se mi uccidevano adesso, era che la mia vita sarebbe finita quasi prima di cominciare.

2

È regola non scritta, a Sing Sing, che durante la settimana prima di un'esecuzione tutti gli altri condannati rinuncino ai loro diritti di visita a favore di quelli che stanno per morire.

C'era qualcuno che voleva vedermi.

Fui condotto in una delle tre celle di visita. Davanti a me, dietro un fitto schermo di rete d'acciaio, stava il sergente McCracken.

«Sono solo passato a vedere come stavi», disse. «Ero da queste parti per lavoro. Come va?».

«Bene», dissi, «ma è stato fortunato a trovarmi in casa».

«Lo so. È dura. Se solo ci fosse più tempo...».

«Che intende dire?».

«Intendo dire che se ci fosse più tempo potrei tirarti fuori. Più ci penso e più mi sembra che non sei stato tu».

«Gran bel momento per dirmelo».

«Oh, ho lavorato al caso, non pensare che non lo abbia fatto. Quello che mi ha dato il via è stato il modo in cui hai accusato Bannister in tribunale, quando hai parlato del "falso omicidio". Ma è un caso duro da risolvere, altroché. Non sono stato capace di trovare nessuna nuova prova che convinca il Governatore a sospendere l'esecuzione. Se Bannister è l'autore, ha coperto per bene tutte le tracce».

«Allora forse ha pagato qualcuno per farlo».

«No, è troppo furbo per correre un simile rischio. E poi, non ha fatto alcun prelievo dal conto che faccia pensare a una cosa del genere».

«Allora l'unica speranza è se confessa?».

«Se! Non c'è da sperarci molto. Perché dovrebbe confessare, se lo ha fatto? Hai perfino ammesso di aver fatto parte del complotto contro di lui. No, l'unica possibilità è che salti fuori qualche nuovo elemento di prova, come la pistola usata per l'omicidio. Ma io farò tutto il possibile. Gli metterò qualcuno alle costole. Controllerò ogni pezzo di carta. Continuerò a lavorarci fino a...».

«Grazie», dissi. «Bannister ora è dal Governatore. Forse...».

«Lo so. Ho appena parlato con il direttore. Tiene la comunicazione aperta con Albany. Succedesse qualcosa, te lo farò sapere immediatamente».

Ma si vedeva che non pensava vi fossero troppe speranze.

3

C'era un ratto nella cella con me.

Improvvisamente, senza un perché, mi si drizzarono i peli sulla nuca. Alzai lo sguardo di scatto, e lui era lì, rintanato in un angolo. Non avrei saputo dire chi dei due fosse più sorpreso.

Non ci muovemmo.

La luce era fioca; il cielo stava già preparandosi per la notte. Lontano, risuonò il fischio di un treno, un gemito malinconico, sofferente.

Mi ricordai dei ratti nella palude. Gli occhi di questo sembravano quasi umani.

Rimanemmo seduti e aspettammo.

Il fischio sfumò... da qualche parte c'era gente felice, libera, che andava in nuovi luoghi, a nuovi suoni. Il fischio morì.

Continuammo a non muoverci.

In un'altra cella un uomo piangeva. Ripeteva all'infinito, sottovoce: «Oh Dio... Oh Dio...». Era uno dei tre che dovevano andare sulla sedia elettrica giù in sala da ballo l'indomani sera. Aveva dato del veleno alla moglie in un patto suicida – e poi si era scordato di prenderne un po' anche lui.

Io ero un altro dei tre – e non avevo ucciso nessuno.

Afferrai lo sgabello; il ratto sgusciò sotto la branda. Gli gridai di venire fuori a battersi. Schizzò verso la porta.

Ma io fui più veloce. Piombai giù forte con lo sgabello. Lo presi di fianco, proprio quando era arrivato alle sbarre. Tirò avanti trascinandosi, stordito ma ancora combattivo. Lo acchiappai per la coda.

Ora – ora!

Lo feci roteare intorno alla mia testa. Si rigirò e mi diede un morso sulla mano. Gli spaccai la testa contro il muro.

Schizzarono sangue e cervello.

Era morto.

4

Finalmente!

Bannister entrò. La sua scura faccia di falco era più nera che mai, ma gli occhi gli brillavano, bruciavano. Anche senza sentirgli lo scotch nel fiato, capivo che aveva alzato il gomito.

Mi inumidii le labbra.

«Ha parlato con il Governatore?».

«Sì... ci ho parlato».

«Senza fortuna?».

«Senza fortuna».

Ci guardammo.

«Allora è tutto finito?».

Alzò le spalle.

«Io ho fatto il possibile – più di quanto avrebbe potuto fare chiunque altro, date le circostanze. Dopo tutto hai fatto l'amore con mia moglie, no? Hai aiutato Grisby a organizzare il delitto perfetto contro di me, no? E poi, quando la cosa è fallita, hai accusato me del suo omicidio, no? Pensi che qualcun altro avrebbe potuto aiutarti quanto me?».

Sentii il sangue che mi saliva in un'ondata bollente alla testa.

«Lei doveva avere un motivo maledettamente buono, ha ragione. E ce l'aveva – il motivo migliore di tutti – perché lo aveva ucciso lei stesso! Ha accettato il caso per essere sicuro che non me la cavassi!».

Sorrise.

«Non c'è mai stato molto da dubitare sul verdetto, soprattutto dopo che ignorando il mio parere hai ammesso di aver complottato con lui. Che lo credessero o no, è stata una cosa mal fatta. Adesso dovrebbe esserti chiaro».

Bollivo dalla rabbia.

«Non mi è chiaro affatto. Io non l'ho ucciso – è stato lei, è stato lei! Perché non confessa? Perché lascia che mi mettano sulla sedia per una cosa che ha fatto lei? Lei non la manderebbero mai sulla sedia. Non deve far altro che dichiarare che era legittima difesa. Lui l'avrebbe uccisa – posso provarlo! È un caso perfetto di legittima difesa!».

Scosse la testa.

«No – è qui che non conosci la legge. Oh, certo, se un uomo ti viene contro e minaccia la tua vita con uno strumento omicida, rientra interamente nei tuoi diritti di legittima difesa ucciderlo. Ma se hai un preavviso, se sai che sta venendo a toglierti la vita e gli prepari una trappola, sei colpevole tanto quanto lo sarebbe lui, pur essendo questa la linea d'azione di gran lunga più sensata».

«Come ha fatto lei».

«Non ho detto questo». Si mise a ridere. «Dico però che sarebbe stato un atto di giustizia se l'avessi fatto. Devo riconoscerglielo, a Grisby – *ha progettato* il delitto perfetto. Mi piace pensare che ha fatto un errore fatale – ha sottovalutato il suo uomo. Invece di essere la vittima del delitto perfetto, ne sono stato l'autore! Il delitto perfetto ribaltato! Ma, mi spiace – non posso dirlo».

«Non può perché non vuole».

Mi voltai, fuori di me, a cercare le guardie. L'uomo nella

cella in fondo al corridoio – quello che aveva pianto per tutto il pomeriggio "Oh, Dio, oh, Dio" – urlava come un dannato, facendo arrivare le guardie di corsa.

«Portatemi via di qui», strillava. «Non ce la faccio più. Impazzisco. Adesso mi spacco la testa contro il muro».

Le guardie stavano cercando di farlo star zitto.

Bannister sorrideva.

«Forse ha già assistito a qualche esecuzione», disse. «Tu no? Te la racconto io. Domani mattina ti metteranno in una cella di pre-esecuzione. Ti serviranno una gran cena, tutto quello che vuoi. Poi verso le undici di domani sera – un tempo le esecuzioni le facevano alle cinque del mattino, ma così è più intimo – verranno le guardie e ti taglieranno la gamba destra del pantalone. In questo modo potranno sistemarti gli elettrodi quando ti legheranno alla sedia. Poi ti condurranno lungo un breve corridoio, se sei in grado di camminare; se no, ti porteranno di peso. Entrerai nella camera delle esecuzioni e su una grossa sedia squadrata...».

«Guardia!».

«Un uomo ti terrà ferme le braccia, un altro le gambe. In un minuto le cinghie saranno allacciate, ti verrà calato un cappuccio sulla testa – ma prima che scenda, tu...».

«Guardia!».

La mia voce era così debole e roca che non mi sentirono. Bannister sorrideva.

«Non ti servirà a niente chiamare le guardie. E poi, dovresti essermi grato, se veramente pensi che l'ho ucciso io. Avrei potuto uccidere anche te, come dici che ho fatto con Grisby e con Broome».

«Ma perché? Io che cosa ho fatto?».

«Hai partecipato al complotto contro di me, no? Non è sufficiente? In un certo senso non te lo meritavi, lo ammetto – tu eri solo uno strumento. Almeno c'è del vero nella tua difesa, tutto quello che dovevi fare era far finta di uccidere qualcuno. E poi, Grisby aveva minacciato di ucciderti se non lo avessi fatto. Non era proprio che tu lo volessi».

«Questo dovrebbe mettermi fuori, no? E poi, se non avessi scritto quella lettera in cui le dicevo quello che aveva in mente di fare, lei non lo avrebbe mai saputo – lui l'avrebbe fatta fuori di sicuro!».

«Sì – ma io la lettera non l'ho mai letta. L'hai distrutta. Se è vero che Broome l'ha vista prima, come hai sostenuto al processo, a me non ha mai detto niente. Comunque, quello che dovevi fare era venire direttamente da me. Se lo avessi fatto, invece di fare quello che loro ti hanno ordinato, adesso non staresti ad angosciarti per la sedia elettrica. Saresti libero di uscirtene di qui come lo sono io».

«Solo che allora lei avrebbe dovuto uccidere anche me, come ha fatto con Broome!».

«Dimentichi che il piano sarebbe saltato se ti fossi rifiutato di fare quello che loro ti dicevano. Sta di fatto che è saltato lo stesso, ma non è stato grazie a te che Grisby è stato ucciso. O sì?».

Questa volta mi arrivò. Cominciai a tremare tutto.

«"Loro"? Come sarebbe – "*loro*"? C'era solo Grisby!».

Si tirò indietro e mi guardò con un'espressione sorpresa.

«Solo Grisby!», disse.

«Be', certo. Non penserà... *Broome?*».

Continuava a guardarmi. Poi scosse la testa lentamente, quasi mestamente.

«Sapevo che eri stupido», disse, «ma così stupido non l'avrei mai detto».

Le tempie cominciavano a battere forte. Mi passai una mano sulla fronte. Venne via bagnata.

Non riuscivo quasi a parlare.
«Vuol dire – sua *moglie?*», mormorai.
«Ma certo! Lei e Grisby l'hanno progettato insieme tutto il piano».
Mi parve di sprofondare nel pavimento.
Grisby ed Elsa!
Cercai di riprendere fiato. Niente più mi sembrava reale. Bannister era solo una chiazza indistinta. Ma potevo sentirlo ancora. La sua voce mi arrivava come attraverso la nebbia.
«Per questo avevo fatto venire Broome – sapevo che tra loro c'era qualcosa. Bene, bene. Sono stati abili, non c'è dubbio – non lo hai nemmeno sospettato. Ma io sì...».
Cominciai a ricordare delle cose.
Ricordai Grisby che mi parlava di Bannister: «È distrutto, e non lo sa».
Ricordai Elsa – Elsa che diceva a Bannister: «Sinceramente, non ti è mai venuto in mente che potresti stare molto meglio da morto?».
Grisby ed Elsa!
E la notte sulla spiaggia, quando lei mi impedì di partire. Fingendo di essere innamorata di me – perché? Solo perché andassi avanti a fare la mia parte! Adesso mi era tutto chiaro.
"Domani!", aveva sussurrato.
Una promessa...
Domani andrò sulla sedia elettrica... per causa sua. Domani!
Ora ricordavo anche altre cose. Una cosa che aveva detto una volta quando era venuta a trovarmi prima del processo.
"Dovevo venire, dovevo! Mi sento, in qualche modo... come se fossi responsabile del fatto che tu sei qui".
Piangendo, l'aveva detto – piangendo spesso, dopo. Per-

ché io ero in galera – o perché Bannister aveva ribaltato la situazione e aveva ucciso Grisby? Doveva averlo saputo da sempre che era stato Bannister – *doveva*!

E Broome – come aveva parlato di lei e di Grisby.

"Non penserai che viene qui solo per vedere Bannister?".

"L'hai capita male", avevo detto io. E ci credevo! Ci avevo creduto per tutto il tempo, fino a quel momento!

Bannister scoppiò a ridere, per l'aria sbalordita che avevo. Quella ristata mi riportò con i piedi per terra.

Disse: «Perché pensi che Grisby volesse uccidermi, se non per lei? Non ci avevi mai pensato a questo?».

Avevo la bocca così secca che non riuscivo quasi a parlare.

«Diceva che era per... per avere un mucchio di quattrini».

«Ti ha detto dell'assicurazione societaria che c'era tra noi?».

«No – l'ho scoperto più tardi. Avevo pensato che era questo che intendeva dire».

«Ma non hai visto l'assurdità della cosa? Come poteva incassare se doveva risultare morto anche lui? Non poteva! L'unica speranza che aveva di intascare la somma era tramite Elsa. Lei avrebbe ereditato tutto – e incassato anche l'assicurazione, se si poteva dimostrare che eravamo morti sia io sia Grisby. Per questo la tua parte era così importante – per questo e per togliersi di dosso il sospetto del mio omicidio. Naturalmente tutto questo è solo congettura, ma in quale altro modo avrebbe potuto entrare in possesso del denaro se non attraverso Elsa?».

Elsa! Non potevo crederci!

«Oh, era il delitto perfetto», proseguì Bannister. «Glielo devo riconoscere, almeno se davvero lo hanno progettato come ora io immagino. Ecco perché dicevo che è un peccato che ti tocchi andare sulla sedia elettrica per questo – tu eri solo lo strumento».

Improvvisamente non faceva più tanta differenza andare o no sulla sedia. Elsa...

Ora sembrava che Bannister parlasse da lontanissimo. Riuscivo a sentirlo a stento.

«Naturalmente Broome sapeva di Grisby ed Elsa. Per questo era qui – per tenerli d'occhio. Non sapeva niente del piano per uccidermi – almeno non che io sappia – e certamente nemmeno io ne sapevo niente. Ma teneva gli occhi aperti, e sapeva che avevano progettato di fuggire insieme. La notte prima di quella in cui tu dovevi simulare l'omicidio di Grisby – quando Grisby venne a cena da noi – che cosa pensi che stessero facendo quando lo lasciai solo con Elsa, con Broome che ascoltava? Litigando sui Mari del Sud – se il posto migliore fosse Tahiti! Broome, fuori della finestra, sentì tutto; subito dopo me lo riferì».

Dunque Elsa avrebbe raggiunto Grisby nei Mari del Sud! Ero stato stupido, davvero. Doveva essersene fatte di risate – su di me che pensavo che era innamorata di me, mentre lo era sempre stata di Grisby.

«Bene», dissi, «ha fatto fuori Grisby. Perché non fa fuori anche lei?».

La domanda lo stupì. Mi arrivò in faccia il suo alito alcolico.

«Uccidere mia moglie? Sarebbe uccidere me. Se le capitasse qualcosa – se la perdessi – che cosa avrei per continuare a vivere? Lei è vita, giovinezza, tutto quello che altrimenti mi sarebbe negato...».

Il secondino gettò un'occhiata nella cella.

«Ehi, guardia!», gridai. «Ti sto chiamando. Bannister mi

ha detto praticamente che ha ammazzato lui Grisby – per impedirgli di fuggire con sua moglie!».

«Ah, sì?».

«Chiama il Direttore. Trattieni quest'uomo finché non arriva!».

Bannister si mise a ridere.

«È isterico», disse. «Bene, Laurence, io per te ho fatto tutto il possibile. Nessuno avrebbe potuto fare di più. Le carte di questa mano evidentemente erano contro di te».

«Sì – e il mazzo lo ha truccato lei!».

«Meglio lasciarlo in pace», disse la guardia. «Si sta sovreccitando».

Bannister annuì.

«Bene, addio allora», disse.

Mi sentivo soffocare e non potei tirar fuori nemmeno una parola. Rimasi lì a guardare lui che se ne andava – la mia ultima occasione per sottrarmi alla sedia, m'ero immaginato. Anche il suo modo di camminare, con quella ridicola andatura a scatti, sembrava beffarsi di me.

Tornato nella mia cella, mi lascai cadere sulla cuccetta e piansi come un bambino.

Elsa! Elsa e Grisby!

Non sembrava possibile...

Sentii la guardia che mi chiamava per nome.

«Ma che hai? È la terza volta che ti chiamo. C'è qualcuno che vuole vederti».

Cercai di non far sentire che stavo piangendo.

«Si vede che non ho sentito».

«Be', datti una mossa».

Lo seguii fino alla cella delle visite – e mi sentii sprofondare. Dietro lo schermo c'era – *Elsa!*

5

La fissai.

Sollevò la veletta. Era pallidissima.

«L'ho visto!», disse. «Penso che anche lui mi abbia vista! Proprio mentre arrivavo. Stava salendo in taxi. Non ho guardato indietro. Sarebbe terribile, se mi trovasse qui. Ma dovevo venire – dovevo vederti. Laurence...».

Non riuscivo a parlare. Continuavo a guardarla.

Si ritrasse.

«Perché... perché mi stai fissando in quel modo? È successo qualcosa?».

Abbassai lo sguardo sul pavimento. Mi afflosciai. Lei pensò che era perché avevo rinunciato a lottare.

«Oh, Laurence – dev'esserci una via d'uscita, deve esserci!».

Tornai a guardarla.

«No... sono finito».

Il suo sguardo andava e veniva sui miei occhi. Improvvisamente le lacrime le segnarono le guance.

«Ti amo tanto», disse.

Non ce la feci più. Trovai la voce.

«Così tanto che mi mandi sulla sedia elettrica per qualcosa che non ho fatto. Così tanto che mi hai usato come uno strumento. Non fosse stato per te, non sarei qui. Sarei in mare chi sa dove...».

Fu come se le avessi tirato un cazzotto.

Indietreggiò barcollando.

«Laurence! Non sai quello che stai dicendo!».

«Ah, no? Tu e Grisby avete messo insieme tutta quanta la faccenda – mi hai illuso perché rimanessi a finire il lavoro. Di me non te ne frega un accidente né mai te n'è fregato. C'era Grisby, tutto il tempo. Dovevi raggiungerlo a Tahiti – so tutto. Bannister mi ha detto ogni cosa. Ha saputo tutto da Broome».

«Ma... ma è una *follia*!».

«Che cosa hai fatto, sei venuta qui a divertirti, come ha fatto Bannister? Bene, puoi anche andartene – ne ho avuto abbastanza. Ci andrò sulla sedia – ci andrò e sarò anche contento».

«Laurence – aspetta! Chi ti ha detto tutto questo? Non è vero. Ascoltami – devi ascoltarmi – non è vero».

«Ti ho già ascoltato una volta, e guarda che cosa me ne è venuto».

«Ma non posso farti andare a... a morire con queste idee. Non lo capisci? Non è vero – io...».

«Tu! Lo sai che cosa farei se fossi lì? Sì, proprio adesso – in questo momento! Prenderei tra le mani quel tuo collo bianco come un giglio...».

«Laurence!» gridò. Le mani le corsero alla gola.

«Ti strozzerei come Bannister ha strozzato Broome. Ti spaccherei la testa contro il muro come ho fatto con il ratto che era nella mia cella. Così, per lo meno, quando mi uccideranno lo faranno per una ragione – non semplicemente perché tu hai lasciato che ti baciassi una notte sulla spiaggia!».

Le lacrime le scorrevano lungo il viso.

«Ti prego, ti prego, ascoltami!».

«Non dovevi raggiungere Grisby nei Mari del Sud... dopo che lui aveva ucciso Bannister?».

Rimase in silenzio.

«Questo è tutto quello che volevo sapere».

Mi voltai e feci per uscire.

«Laurence, aspetta».

Qualcosa nella sua voce mi fermò.

«Grisby mi chiese di raggiungerlo lì, sì. Da mesi mi assillava perché andassi via con lui. È questo che intendi?».

Scossi la testa.

«Non solo che te lo chiese – ma che tu accettasti di andare».

«Ma non è vero!».

L'avevo in pugno.

«Broome vi ha sentiti, te e Grisby, che ne discutevate. La sera prima di quella in cui lo portai giù alla spiaggia. Dovevi avergli detto di sì – fu quella sera che aveva preso la decisione definitiva di uccidere Bannister. Bannister lo anticipò, questo è tutto. Ma non raccontarmi che non lo sapevi».

«Ti prego! Discuteva con me perché io gli dicevo che non potevo farlo – non potevo raggiungerlo né a Tahiti né in nessun altro posto. Questo è quello che sentì Broome – solo che non poté sentire tutto. Perché io dissi che lasciare Marco lo avrebbe ucciso. Tu non capisci che cosa significo per lui – tutto, la sua vita!».

«E così ti accordasti con Grisby per toglierlo di mezzo».

Lei si fece più vicina e si appoggiò al divisorio.

«Oh, come puoi dire questo? Mi faceva pena – dissi a Lee che era una cosa impossibile, che se ne dimenticasse, non potevo lasciare Marco, ero parte di lui. Mi chiese se la cosa sarebbe stata diversa se Marco non ci fosse stato. Ero infelice, tu lo sai quanto ero infelice. Dissi che tutto sarebbe stato diverso. Non mi resi conto di quello che intendeva fare, o che *potesse* credere che sarei andata con lui se Marco non ci fosse stato. Ma la cosa lo rese così felice che non potei dirgli la verità – che non lo amavo, che era impossibile».

Cominciavo a capire che Bannister forse aveva sbagliato tutto su di lei. Capii anche che Broome forse era fuori strada, avendo colto solo qualche frammento qua e là della conversazione.

«Stammi a sentire!», dissi. «Tutto questo potrebbe anche essere, ma non potevi non sapere che era stato Bannister a uccidere Grisby – non potevi non saperlo! Eppure al processo non hai detto niente».

«Che cosa potevo dire? Che Marco lo aveva ucciso perché era geloso di me? È questo che intendi?».

«Anche».

«Ma questo non potevo dirlo. Per quello che ne sapevo, Marco non aveva la minima idea che Lee voleva che lo lasciassi, o che avesse qualche interesse particolare per me. Ovviamente, quando seppi che Broome era un investigatore, ebbi paura. Ma anche sapendo che mi aveva sorvegliata, anche sapendo quanto potesse essere geloso Marco...».

Si fermò, mordendosi il labbro.

«Allora è vero che l'ha ucciso lui!», disse.

«Sì, e anche Broome! Nessun altro avrebbe *potuto*!».

«E lui – lui ti avrebbe lasciato andare sulla sedia elettrica per qualcosa che aveva fatto lui? Ma se ti ha perfino difeso!».

«Sì – per essere sicuro che ci andassi, sulla sedia elettrica!». Mi venne un'idea. «Hai detto che l'unica ragione per cui restavi con lui era perché ti faceva pena. È ancora così?».

Mi guardò con gli occhi che lampeggiavano.

«No!».

«Hai detto che mi amavi. È ancora così?».

«Sì!».

«Bene, allora. Dimostralo! Di' a Bannister che è finita. Digli che sai tutto del fatto che ha ucciso Grisby – e Broome...».

«Ma questo non lo sappiamo – non ne abbiamo la certezza».

«Questo lo porterà a confessare. Cederà, lo so».

«Lo ucciderebbe».

«Sta facendo uccidere me al suo posto, no? Lo farai?».

«Io...».

E improvvisamente era lì – ritto dietro di lei.

Bannister!

6

Bannister la afferrò per un braccio. Aveva le labbra bianche su un viso nero di rabbia.

«Che cosa ci fai qui?», chiese.

Era così furioso che continuava a scuoterla.

Lei cercò di divincolarsi. Bannister strinse più forte.

Entrò McCracken. Si fermò a bocca aperta.

«Ma che diavolo...».

Bannister non gli diede retta. La sua voce era dura, aspra. Mi fece venire i brividi.

«Che scena commovente – l'addio degli amanti all'ombra della sedia! E tu che dicevi che quel bacio sulla spiaggia non significava niente! Immagino che anche Grisby non significasse niente!».

Elsa era fredda. Non si dibatteva più.

«Per favore – il braccio...».

Il modo in cui lo disse glielo fece lasciare.

«Non vorrai negare...».

«Non nego niente. Lo amo». Il tono della voce crebbe. «E tu vuoi negare che hai ucciso Grisby – e Broome?».

A questo era pronto.

«Ma certo che lo nego! È ridicolo. Si sta arrampicando sugli specchi. Ha cercato di fare la stessa cosa in tribunale. Elsa – non crederai...».

Si limitò a guardarlo.

«Ascolta!», disse lui.

Lentamente, freddamente, lei disse: «E tu lasceresti che un innocente soffra per qualcosa che hai fatto tu!».

«Elsa! Ascolta...».

Improvvisamente lei esplose. Era come una diga che stesse cedendo, per come le parole traboccavano dalla sua bocca.

«Sono stufa di ascoltare! Ti ho sposato per compassione. Sono rimasta con te per otto anni – otto anni! Perché sapevo che cosa significava per te. Perché stavi sempre ad angosciarti su quella tua gamba e sulle cose che ti erano "negate". Niente, ti era negato – era tutto nella tua mente contorta. La tua mente subdola e gelosa! Non c'è un briciolo di verità nella storia che me ne sarei andata con Lee. Ti sei immaginato tutto – e l'hai ucciso! Adesso vado dal Governatore. Gli dirò tutto quello che so. Se la tua stessa moglie si rivolta contro di te, dovrebbe significare qualcosa. Almeno gli impedirò di uccidere un innocente!».

Bannister si mosse verso di lei.

«Non puoi lasciarmi – lo sai che non puoi. Lo sai che mi ucciderebbe. Io... io mi ucciderei».

Elsa non arretrò di un passo.

«Non è esattamente quello che ti meriti, a lasciare un innocente salire sulla sedia elettrica al posto tuo?».

McCracken e io assistevamo senza dire una parola. Il silenzio era calato su di noi – un silenzio ronzante come cavi dell'alta tensione sul punto di spezzarsi.

Bannister appariva scosso. Si vedeva che l'alcol gli aveva annebbiato il cervello.

«Elsa... ti prego. È assurdo, è tutto assurdo. Parliamo da persone civili».

«Non c'è più niente di cui parlare – più niente, mai più».

Bannister mosse le labbra, ma non ne venne neanche una parola. Sembrava che stesse andando in pezzi sotto i nostri occhi.

McCracken gli si avvicinò e lo scosse.

«Che cos'è questa storia che lei avrebbe ucciso Grisby?».

Bannister non gli prestò attenzione. Disse a Elsa, quasi in un sussurro: «Allora dicevi sul serio – è finita?».

La risposta fu un altro sussurro.

«È finita – è finito tutto. Anche la pietà».

Bannister capì che era inutile parlare ancora. Si voltò verso la porta, ondeggiò un poco da un lato, sussultando per la gamba che gli faceva male. Cercava di suscitare la sua compassione! Si aspettava che lo richiamasse. Lei non lo fece, e lui proseguì.

McCracken cercò di fermarlo.

«Che storia è questa, lo ha ucciso o no?».

«Lo ha ucciso!», gridai io. «Me lo ha praticamente detto. Pensava che lei stesse per fuggire con lui!».

Bannister non udì neppure. Uscì come imbambolato.

«Lo segua», dissi. «Lo faccia confessare!».

«Non lo perderò d'occhio un attimo», disse McCracken. «Non preoccuparti».

Elsa si avvicinò al divisorio. Gli occhi le brillavano.

«Sei stata meravigliosa», dissi. «Ora forse confesserà».

«Questo è solo l'inizio», disse lei. «Adesso vado dal Governatore. Dovrà credermi. Dovrà fermare questa cosa prima che sia troppo tardi. Non perdere la speranza. Penserò a te ogni minuto. Deve esserci qualcosa che si può fare – deve esserci».

Uscì quasi di corsa.

Tornai nella mia cella ad aspettare. Ora tutto sarebbe andato bene, non avevo alcun dubbio. Il Governatore mi avrebbe concesso la grazia o Bannister avrebbe confessato – o l'una o l'altra cosa. Non provai nemmeno a dormire – ero troppo eccitato, aspettando, aspettando...

Dopo mezzanotte venne da me il direttore.

«Il Governatore e io abbiamo avuto un lungo colloquio», disse. «Mi ha riferito che la signora Bannister era andata a chiedere la grazia per te dicendo che il marito aveva confessato. Ha ordinato un'indagine immediata».

«Magnifico».

«Bannister ha negato tutto. Senza prove inoppugnabili su cui agire, il Governatore si è trovato in una situazione imbarazzante. Sapeva che già in precedenza tu avevi accusato Bannister, un'accusa apparentemente senza fondamento. Che cosa poteva fare? Tu che cosa avresti fatto? Probabilmente la stessa cosa che ha fatto lui – ha rifiutato la sospensione. Non aveva alternative, lo capisci? Mi spiace, Laurence...».

E così adesso rimaneva una sola speranza – che Bannister confessasse. Ora dipendeva tutto da lui.

Quando il direttore fu andato via, mi alzai e mi inginocchiai accanto alla branda. Conoscevo una sola preghiera. Ci misi dentro tutto quello che avevo:

Adesso che mi metto a dormire,
Affido al Signore la mia anima da custodire;
Se muoio prima di svegliarmi...

7

Nove febbraio!

Questo era il giorno... ancora sei ore, ventidue minuti, trenta secondi!

Non riuscivo a pensare a niente se non che a mezzanotte le lancette dell'orologio si sarebbero unite come le lame di una forbice per mozzare un'altra vita, e questa volta la mia.

La mia!

Andavo su e giù per la cella – e aspettavo.

Improvvisamente la guardia aprì la porta. Vide che non avevo neppure toccato la cena che mi avevano portato. Gli dissi di portarla via, di darla a qualcun altro. La mia ultima grande cena!

«Sta bene», disse, «ma tirati su. C'è qualcuno che vuole vederti».

Una visita! Fu quasi come essere liberato. Uscii in tutta fretta.

Era Elsa.

Per un poco non parlammo. Rimanemmo a guardarci; bastava. A poco a poco mi sentii invadere da un senso di pace.

«Laurence...».

«Sì?».

«Ho parlato con il Governatore».

«Il direttore me l'ha detto. Sei stata magnifica. Se vi fosse stata la minima possibilità – la minima – mi avresti tirato fuori, lo so».

«Oh, una possibilità c'è ancora. Non pensare...».

«Certo. Fino all'ultimo minuto non si può mai dire. Ne

hanno mandato fuori uno proprio questa mattina, uno di quelli che doveva andarsene con me. Gridava sempre "Oh Dio!". Ha ucciso la moglie».

Le labbra le tremarono.

«Vuoi dire – quello del *patto suicida*!».

«Proprio quello. Diceva di essere pazzo. Forse lo era. Si comportava da pazzo».

Ma c'era poco da consolarsi. Restava il fatto che lo stavano lasciando libero e lui era colpevole. Io ero innocente, e loro mi mandavano alla sedia.

Mi si strinse la gola; mi faceva male.

«So come ti senti», disse. «Lo so... lo so bene. Credimi, tutto quello che sta accadendo a te sta accadendo anche a me, nel profondo. Te l'ho detto, se non ti avessi fermato, quella notte, non saresti qui. Oh, Laurence – vorrei...».

«Che cosa?».

«Vorrei potermene andare con te!».

Sentii un'ondata che mi saliva dentro... un'ondata come una grande musica. Il mio sangue cantava. Mi sentivo leggero, come se galleggiassi nell'aria. Pensai: niente può fermare questo. *Niente!* Nessuno ha mai amato così. Non può finire con me che salgo sulla sedia elettrica. Qualcosa deve succedere per impedirlo. Bannister *deve* confessare.

«Ne uscirò», dissi. «Qualcosa succederà, anche se il Governatore...».

«Non ha nessuna prova, solo la tua parola. Non capisci. Non gli è possibile fermarlo solo perché vorrebbe farlo!».

«Lo so. Ora dipende tutto da Bannister. Se non confessa, ora che tu lo hai lasciato... Ma lo farà. *Deve* farlo!».

Appoggiò la mano allo schermo per sentire la pressione della mia dall'altra parte.

«L'ho visto – stamattina».

«L'hai visto!».

«Dovevo. Dovevo avere la *prova.* Lui era l'unico che poteva darmela. Gli ho... gli ho chiesto di confessare».

«Che cosa ha detto?».

«Si è messo a ridere. È stata una cosa orribile. Sono sicura che ha continuato a bere dal momento in cui è uscito di qui. Ha detto che non aveva chiuso occhio tutta la notte. Visto che non tornavo a casa si è reso conto di quello che stava succedendo. Ha capito allora che dicevo sul serio e che era la fine. La casa sembrava così deserta e silenziosa... ha perfino fatto scappare per la paura la cameriera».

Distolse lo sguardo e abbassò gli occhi sul pavimento.

Io non avevo il coraggio di aprir bocca.

«Ha detto che non potevo lasciarlo. Ha detto che aveva costruito tutta la sua vita intorno a me; se lo lasciavo non c'era più niente per cui vivere. Ma ha detto che sapeva anche che sarei tornata, che non potevo lasciarlo. Gli ho spiegato perché ero tornata – per indurlo a confessare, che solo confessando per salvare un innocente dalla sedia elettrica poteva mostrarsi degno che io restassi con lui. È stata una pazzia, proprio così. Ma lui era così... be' così squilibrato che non era possibile parlargli in altro modo. E penso che la cosa più importante sia stata che ha capito, al di là di tutto, che aveva ucciso Grisby senza alcuna ragione, che tra noi non c'era assolutamente niente, se non nella sua mente malata di gelosia».

Cominciavo a sentire un formicolio. Tutto stava andando come avevo sperato quando le avevo chiesto di dimostrarmi che mi amava – dicendo a Bannister che con lui aveva chiuso. Se non confessava adesso, con tutto contro di lui, non lo avrebbe fatto mai più. Trattenni il fiato.

Continuò.

«Abbiamo parlato per un'ora. Continuava a ripetermi che non potevo lasciarlo – anche se si fosse ucciso, non potevo. Il modo in cui lo ha detto mi ha fatto paura. Diceva che non potevo negare che c'era stato qualcosa tra Grisby e me, che c'eravamo accordati per incontrarci nei Mari del Sud – Broome lo aveva sentito. Continuava a ritornare su questo punto per giustificare quello che aveva fatto, pur sapendo che non era vero. Alla fine ha ammesso di aver ucciso Lee...».

Ecco! Aveva confessato tutto e io sarei stato libero!

«Gli ho chiesto di metterlo nero su bianco. Mi ha detto di aspettare – aveva giusto quello che occorreva per sistemare tutto. È andato di sopra alla cassaforte, penso, ed è tornato con qualcosa nella mano nascosta dietro la schiena. Ha detto che era una cosa che teneva da parte proprio per un'emergenza del genere. Gli ho chiesto di cosa si trattasse e lui l'ha tirato fuori – un revolver! Me l'ha puntato contro...».

«Voleva ucciderti!».

«Sì!... Questo intendeva quando diceva che non potevo lasciarlo. Se lui doveva andarsene, me ne sarei andata anch'io. Ha alzato l'arma...».

Attesi, con il fiato sospeso.

«Ha chiesto che *io* confessassi – che ammettessi che avevo avuto una relazione con Lee, e con te. Gli ho detto che era pazzo, che doveva mettere giù il revolver. È venuto più vicino. Ero terrorizzata. Sapevo che McCracken era nelle vicinanze. Ho gridato perché accorresse. Ho visto che puntava l'arma contro se stesso...».

«*Cosa!*».

«Laurence – non avrei voluto dirtelo, distruggere la tua ultima speranza...».

Sentii che le forze mi abbandonavano.

«Che cosa – che cosa intendi dire – la mia ultima speranza?».

«Laurence – *Marco è morto!*».

8

«Morto!».

Ero inebetito. Non potevo credere alle mie orecchie. Bannister – *morto*!

Mi raccontò tutto. Stava per ucciderla. Un po' per l'alcol, un po' la sua mente folle di gelosia. Ma McCracken era nei paraggi. Quando lei aveva gridato lui era arrivato di corsa.

Bannister lo aveva sentito venire. Aveva pensato solo a sé – impedire a McCracken di arrestarlo – nient'altro. E aveva rivolto l'arma contro se stesso prima che McCracken potesse arrivare a fermarlo.

Le labbra mi tremavano mentre lo dicevo.

«E quindi... non ha confessato...».

«No. Non c'è stato tempo, anche se avesse voluto».

La mia voce si spezzò. «Allora per me questa è la fine. Non c'è niente adesso che possa impedirla – niente!».

«Oh, c'è ancora speranza! Credimi – ma lo so che non avrei dovuto dirtelo. Non avrei mai voluto. Avrei voluto che tu pensassi – chissà – fino all'ultimo, anche se quello che speravo non era vero...».

«Ma si è ucciso! Questo equivale a una confessione, no?».

«Ho parlato con il sergente McCracken. Lui dice di no – io lo avevo lasciato, questo era stato sufficiente a indurlo a togliersi la vita, anche senza altri motivi. Aveva minacciato di farlo, lo sai, quando gli ho detto che tra noi era finita. Ma c'è la pistola, Laurence – la pistola! In questo momento il sergente McCracken la sta esaminando per vedere se è la stessa usata per uccidere Grisby. Se lo è...».

«Già, e se non lo è...».

«Laurence, ascolta!».

Ci fissammo finché i miei occhi si offuscarono.

«Cosa?».

«Se non lo è», disse, «... se non lo è, ripeto quello che ho già detto, che vorrei poter salire sulla sedia elettrica con te!».

«Bene, questa è un'ottima cosa», disse una voce dietro di noi. «Perché a quanto pare vedrà esaudito il suo desiderio. Solo che non ci salirà con nessuno – ci salirà da sola!».

Il sergente McCracken!

«Che cosa significa?», fece lei. «Non intenderà dire...».

«Intendo dire che la dichiaro in arresto per l'assassinio di Mark Bannister – e di Grisby – e di Broome!».

«Ehi, attento!», gridai. «Sta per svenire».

L'afferrò mentre si accasciava.

«Hmm», disse. «Non pensavo che ne fosse capace».

Improvvisamente mi sentii pieno di rabbia.

«Che cosa sta facendo?», gridai. «La lasci stare! È pazzo se pensa che abbia ucciso qualcuno. Che cosa le viene in mente?».

Mi guardò a bocca aperta.

«Stai dicendo che non avevi nemmeno sospettato?», disse.

«Allora è vero? Davvero lei...».

«Senza il minimo dubbio. Sarai libero entro ventiquattr'ore – libero!».

Ero così sbalordito che non riuscivo a ragionare o a parlare. Continuavo a fissare Elsa, tra le sue braccia, il viso bianco come quello di una morta.

McCracken le stava massaggiando i polsi.

«Che idiota sono stato», disse. «Il delitto perfetto! L'avrebbe fatta franca anche con questo, non fosse stato per un solo particolare. Non ha pensato alle impronte digitali sulla pistola con cui apparentemente Bannister si sarebbe ucciso. O non ci ha pensato o non ha avuto tempo di cancellarle, perché sono arrivato troppo presto. Era la pistola di Bannister, sì, ed era la pistola usata per uccidere Grisby. Lei lo sapeva, e sapeva anche che avremmo controllato: era convinta che non avremmo esaminato le impronte – aveva tutto l'aspetto di un suicidio – ma le pallottole, verificando che erano le stesse che avevano ucciso Grisby. Bene, invece abbiamo controllato anche le impronte – ed erano le sue! Questo è stato l'unico punto in cui ha messo il piede in fallo. Fino ad allora non l'avevamo nemmeno sospettata. Non voglio dire che non l'avevamo considerata come una possibilità. È solo che non combaciava con niente, anche se immaginavamo che la tua storia su Grisby che voleva uccidere Bannister era vera, e avevamo fatto un passo avanti pensando che fosse anche lei in combutta con Grisby – perché dunque uccidere Grisby? Non aveva senso. Ma adesso ce l'ha, adesso che Bannister è morto – e con le impronte di lei sulla pistola!».

«Quindi Bannister non si è ucciso – lo ha ucciso lei? Ne è sicuro?».

Annuì, guardandola con una certa ammirazione.

«Avrebbe voluto farlo sembrare un suicidio, come ho detto, e sarebbe andata così, se non avessimo controllato le impronte. Un'operazione di routine. La pistola l'abbiamo trovata vicino alla sua mano destra, come se gli fosse sfuggita quando è caduto».

«E ha ucciso *Grisby*?».

Le stava ancora strofinando i polsi, ma non sembrava che servisse a molto.

«Proprio così», disse. «Era in città quella sera, ricordi? Disse che era andata a vedere uno spettacolo. Era uno spettacolo, sì, ma non del genere che aveva lasciato intendere; la protagonista era lei, anche se Grisby non lo sapeva; pensava di essere *lui*. Dev'essere stata una sorpresa per lui vederla, quando sbarcò dal motoscafo e la trovò che lo aspettava giù in Wall Street. Dev'essere stata una sorpresa ancora maggiore quando lei gli puntò contro una pistola – la pistola di Bannister – e gli tirò un colpo proprio come gli sarebbe arrivato se lo avessi sparato tu standogli seduto accanto in auto. Perché da come l'ho ricostruita io, lei sapeva tutto del piano per uccidere Bannister, e sapeva il ruolo che avevi tu... L'avevano progettato insieme; poi dovevano ritrovarsi nei Mari del Sud. Almeno questo è quello che pensava Grisby. Sarebbero stati liberi – e tu avresti pagato il conto. Ma tu stavi per rovinare tutto cercando di tagliare la corda. Dovette trattenerti qui, assicurarsi che recitassi la tua parte fino in fondo. E così facendo si è innamorata di te – non voleva, alla fine, che il conto lo pagassi tu. È una donna molto passionale, questo lo vede chiunque.

«Ma non è questa la ragione per cui uccise Grisby – l'intenzione di salvare te le rendeva solo la cosa più facile. No, quello che penso è che lei non ha mai avuto intenzione di fuggire con Grisby – ha progettato di ucciderlo fin dall'inizio. Doveva farlo, per incassare i centomila dollari dell'assicurazione societaria tra Grisby e Bannister. E doveva far fuori lui per primo, così che il denaro sarebbe andato a Bannister. Poi doveva eliminare Bannister, così che andasse a lei. Non era solo questa la ragione per cui voleva togliero di mezzo – lo odiava. E poi, alla fine, c'era anche un'altra ragione – doveva ucciderlo per salvare te, o almeno provarci.

«In ogni caso, filava tutto liscio. Prima ha ammazzato Grisby, e poi ha riportato il motoscafo alla spiaggia di Bannister – era un'esperta, ce ne accertammo – e nessuno poteva saperne niente. Tu hai confessato, secondo il piano, e la polizia ha cercato di far quadrare la tua storia, ecco tutto. L'unico che avrebbe potuto dire come stavano davvero le cose, probabilmente, era Broome...».

«Broome? Come?».

«Non so quanto ne sapesse Broome, naturalmente, ma doveva esserci una buona ragione per liquidarlo. Quello che probabilmente accadde fu che aveva scoperto il complotto per uccidere Bannister, in parte dalla tua lettera e in parte origliando mentre lei parlava con Grisby. Mi è stato chiaro dalla testimonianza di Bannister al processo che la vera ragione per cui Broome si trovava nella casa era sorvegliare i due e scoprire tutto il possibile. Ma supponiamo che Broome avesse scoperto il piano e non ne avesse affatto parlato con Bannister, come pensavi tu, ma avesse cercato di ricattarla e di intascare lui stesso parte di quel denaro. Era abbastanza verme da farlo. O forse l'aveva solo vista arrivare a casa dopo aver lasciato il motoscafo al pontile, e sapeva che in realtà era tornata alle undici e mezzo, o anche più tardi, e *avrebbe potuto* trovarsi in Wall Street al momento dell'omicidio. Tra parentesi, probabilmente è questo il motivo per cui continuava a sostenere che *tu* eri di ritorno alle undici – non solo per aiutare te, ma per far apparire che *lei* era tornata a quell'ora. Ma a proposito di Broome – che la stesse ricattando o meno, se sapeva che era un detective, sapeva anche per quale motivo era lì – per tenere d'occhio lei e Grisby e riferire a Bannister. Poteva anche non sapere che cosa aveva scoperto, ma perché correre rischi avendolo lì privo di sensi, sul pavimento dove tu lo avevi steso con un pugno? La polizia e Bannister erano fuori a cercarti nella palude – cosa c'era di più facile che strangolarlo con la sua cravatta mentre era steso lì?».

Elsa cominciò a mostrare segni di vita, ma non aprì gli occhi e lui continuò a massaggiarle i polsi.

«E proprio come cercava di proteggere te – e se stessa – fissando alle undici l'ora in cui ti aveva visto tornare, allo stesso modo ha cercato di manipolare la morte di Bannister. Immaginava che se fosse riuscita a far sembrare che si era tolto la vita – e con la stessa pistola usata per uccidere Grisby – non solo se lo sarebbe tolto dai piedi, ma la cosa sarebbe apparsa come una confessione. In questo modo sperava di salvare te e proteggere anche se stessa, se a qualcuno fosse venuto il sospetto che era lei la colpevole. E in questo modo avrebbe intascato anche il denaro della polizza di Bannister – un bel cambiamento, con i centomila che avrebbe ricevuto dall'assicurazione come una sorta di gratifica per il buon lavoro svolto».

Elsa aprì gli occhi. Non era affatto svenuta.

«Non è vero», disse. «Non è vero niente! Laurence, non devi credergli – si sta inventando tutto!».

«Be', può darsi che su qualcosa sto tirando a indovinare», disse McCracken, «ma non ha importanza. Alla prova delle impronte sulla pistola non si sfugge. Lei è sulla strada della sedia elettrica – proprio adesso!».

Lei si tirò su un po' malferma.

«Non mi ci manderanno mai. La donna che ha ucciso il marito davanti al frigorifero l'hanno assolta».

McCracken scosse la testa.

«Immagino che sia stato questo a darle l'idea. Ma c'era un uomo soltanto che avrebbe potuto salvarla – quello che ha salvato quella donna – quello che ha tolto lei dal palcoscenico – Bannister! E lei l'ha ucciso – pensava che sarebbe stato molto meglio da morto!».

Lei si scostò un ciuffo di capelli dalla fronte. Poi si voltò a guardare me, con le labbra che tremavano.

«Immagino», disse, «che questo non abbia più importanza».

Non riuscivo a guardarla. Chinai il capo per nascondere le lacrime.

Fu condannata. Nessuno avrebbe potuto farci nulla.

Galloway sostenne che aveva progettato tutto fin dall'inizio – indotto Grisby a liquidare Bannister, poi ucciso lui per far sembrare che fossimo stati Bannister o io; poi ucciso Bannister, quando aveva ricevuto il denaro dell'assicurazione, per far sembrare che si fosse suicidato per non finire sulla sedia elettrica per l'omicidio di Grisby.

Disse che era la più astuta assassina a sangue freddo che avesse mai visto o di cui avesse mai saputo, e che se avesse continuato la sua carriera in teatro sarebbe stata una grande attrice, perché aveva abbindolato tutti dall'inizio alla fine.

Il Procuratore Distrettuale aveva ricostruito tutto, anche su Broome e sul fatto che stesse cercando di ricattarla "in più di un modo".

E concluse dicendo che *lei*, e non Bannister, era quella che sarebbe stata meglio da morta.

La giuria concordò.

Io non lo so. Io so soltanto che mi trovo quaggiù a Tahiti a impregnarmi di sole...

Solo.

L'AUTORE

Le poche e sole notizie sulla vita di Raymond Sherwood King – questo il suo nome completo – provengono dal risvolto di copertina del primo mystery da lui pubblicato, *Between Murders* (1935), che firmò come Sherry King. Nato a Yonkers, New York, il 14 dicembre 1904, trascorse la primissima infanzia fra il Messico e la California, quindi all'età di cinque anni venne portato a Milwaukee, nel Wisconsin, e infine in Kansas. Compiuti gli studi superiori, il diciannovenne King si mise a viaggiare per il mondo, visitando Honolulu, Manila, Batavia, Singapore e Port Said. Al suo ritorno in patria oltre un anno dopo, frequentò la Marquette University di Milwaukee e, conseguita la laurea, si trasferì a Chicago, dove divenne collaboratore fisso del quotidiano *Chicago Tribune* dopo alcune esperienze nel campo della pubblicità e delle vendite. Dalla succitata nota biografica si apprende anche che aveva manifestato fin da bambino un vivo interesse per la scrittura, scoprendosi attratto in particolare dalla narrativa poliziesca. A soli quattordici anni scrisse il suo primo romanzo, *The Blue Card*, una spy story ambientata durante la Grande Guerra. Quando gli fu fatto notare che nella trama mancava la classica storia sentimentale, ribatté indignato: «Ma ci ho messo una nonna a Bruxelles!». Il libro non venne mai pubblicato così come rimasero inediti i successivi: *Outlaws of the Air*, la cui stesura lo impegnò per tutta l'adolescenza, e i romanzi "più seri", *Fantasia*,

Langour e *Oh, Make Haste!* A ventotto anni King ritornò al primo amore, il mystery, e riuscì a dare alle stampe *Between Murders*, al quale seguì *If I Die Before I Wake* (1938, *Se muoio prima di svegliarmi*, già edito in Italia con il titolo *L'altalena della morte*), che risulta essere la sua ultima opera. La fama di questo romanzo, un gioiello del *noir* che non a caso è stato ripubblicato nella collana "Modern Classics" dell'editore Penguin, è indissolubilmente legata alla versione cinematografica, dal titolo *La signora di Shanghai*, che Orson Welles girò negli ultimi mesi del 1946 con una biondissima e glaciale Rita Hayworth nel ruolo della moglie, lo stesso Welles in quello del marinaio e Everett Sloane nella parte del marito. Il regista sostenne sempre che l'idea di filmare il romanzo fu sua, mentre in realtà i diritti erano già stati acquisiti da un altro regista, William Castle, che conseguentemente divenne uno dei produttori associati. Welles si prese diverse libertà rispetto al libro, non ultima la crociera a bordo di uno yacht che, nel caso specifico, era lo Zaca dell'attore Errol Flynn . L'uscita della pellicola fu ritardata di oltre un anno a causa, pare, delle perplessità di Harry Cohn, gran capo della Columbia, che temeva un danno all'immagine della sua star più importante, Rita Hayworth, per come appariva nel film. Sherwood King morì in Florida nel marzo del 1973.

I MASTINI

1 Evelyn Piper: Bunny Lake è scomparsa
2 Howard Fast: Mirage
3 George H. Johnston: La morte arriva a piccoli passi
4 Ross Macdonald: Il passato si sconta sempre
5 Sherwood King: Se muoio prima di svegliarmi

EVELYN PIPER
BUNNY LAKE È SCOMPARSA
(I Mastini n. 1)

Blanche è un'ingenua ragazza madre che, lasciatasi alle spalle la provincia con le sue maldicenze, è venuta a New York convinta che il luccicante mondo dell'America urbana del secondo dopoguerra possa offrire a lei e a Bunny, la sua bambina, un futuro migliore. Per poter lavorare, ha affidato a malincuore la figlia a un asilo, ma quando il primo giorno va a riprenderla, Bunny non c'è, è scomparsa. E nessuno sa nulla di lei. Davanti all'ansia crescente di Blanche, la direttrice della scuola e la polizia reagiscono con compassione e al tempo stesso con diffidenza mentre si insinua il sospetto che Bunny non sia altro che il parto di una fantasia malata. Per la giovane donna è una discesa negli inferi di una metropoli che si rivela dura e scostante e scambia la sua disperazione per il linguaggio della follia. Ma sotto la sua apparente fragilità ed emotività si nasconde, senza che lei stessa ne sia cosciente, il temperamento di una leonessa pronta a tutto pur di ritrovare la sua creatura. E almeno il lettore starà dalla sua parte? Pubblicato nel 1957, questo classico thriller psicologico ha ispirato l'omonimo *cult movie* diretto nel 1965 da Otto Preminger con Carol Linley nel ruolo di Blanche, Laurence Olivier e il commediografo Noël Coward.

HOWARD FAST

MIRAGE

(I Mastini n. 2)

Immaginate di recarvi al lavoro come tutte le mattine e di scoprire che il vostro ufficio non c'è più, anzi non è mai esistito. È ciò che accade a David Stillman, un grigio contabile in una ditta di New York che conduce un'esistenza solitaria e tranquilla e che un bel giorno precipita nel più nero degli incubi. Il suo ufficio in un grattacielo della città sparisce. Un suo amico viene brutalmente assassinato. Un'avvenente sconosciuta gli consiglia di darsi alla fuga se gli preme la vita. Ma chi vuole ucciderlo e perché? Il terrore e l'angoscia si fanno paralizzanti quando si rende conto di non sapere chi sia veramente David Stillman e di essere forse vittima di un passato di cui non ha memoria. Alla disperata ricerca della propria identità, sarà costretto a giocare una partita ad alto rischio il cui finale potrebbe essere la morte o la follia. Il romanzo, un thriller alla Hitchcock con inseguimenti mozzafiato e alcune magistrali sequenze di suspense, fu pubblicato nel 1951 col titolo *Fallen Angel*, ma questo venne modificato quando ne fu tratto il film *Mirage* (1965) diretto da Edward Dmytryk e interpretato da Gregory Peck e Walter Matthau.

George H. Johnston
La morte arriva a piccoli passi

(I Mastini n. 3)

Alla ricerca d'ispirazione per un servizio sul suo giornale, il giornalista americano Cavendish decide di percorrere in automobile la Burma Road, in Cina, per catturarne l'atmosfera e descrivere i pericoli che l'hanno resa leggendaria. Il viaggio, però, si rivela assai noioso e poco interessante almeno fino a quando non incontra Charmian Anthony, una giovane e bellissima compatriota il cui mezzo di trasporto, una corriera locale, è rimasto in panne. Lieto di poter fare quattro chiacchiere con qualcuno che parla la sua lingua, Cavendish le dà un passaggio, ma ben presto si accorgerà che la fama della Burma Road è assolutamente giustificata: una valanga rischia di travolgerli, un ponte crolla pochi istanti prima del loro passaggio, qualcuno cerca di ucciderli a colpi di pistola, e quando Cavendish e Charmian trovano finalmente rifugio in un albergo, e sembra che i guai siano alle spalle, s'imbattono in una giovane donna pugnalata a morte che poco dopo... scompare. Ma le disavventure per i due giovani sono destinate a continuare; nel loro viaggio verso l'interno della Cina li attendono una cittadina flagellata da una gravissima epidemia di peste e una pericolosa società segreta nella quale la cupidigia di ricchezza e i misteriosi riti millenari dell'estremo oriente convivono perfettamente. Edito nel 1948, è un romanzo, come scrisse il *Sunday Times*, "la cui atmosfera di paura e suspense è di gran lunga superiore alla media".

Questo libro è stampato col sole

Azienda carbon-free

FINITO DI STAMPARE NEL MESE DI MARZO 2011
DALLA GRAFICA VENETA S.P.A., TREBASELEGHE (PD)